우주에서 가장 밝은 지붕

우주에서 가장 밝은 지붕

노나카 토모소 장편소설

권남희 옮김

宇宙でいちばんあかるい屋根

사□계절

UCHIU DE ICHIBAN AKARUI YANE

ⓒ Tomoso Nonaka, 2020

Original Japanese edition published by Poplar Publishing Co., Ltd. in 2003

Paperback version published by Kadokawa Corporation in 2006

Paperback version re-published by Kobunsha Co., Ltd. in 2020

Korean translation ⓒ 2023 by Sakyejul Publihsing LTD.

All rights reserved.

Korean translation rights arranged with Kobunsha Co., Ltd.

through Eric Yang Agency, Inc., Seoul.

차례

1

봄밤의 침입자

확실히 단언할 수 있다. 별 할머니는 밉상스러운 할머니의 자질을 다 갖추고 있다.

별 할머니는 심술궂다. 까칠하고 얍삽하다. 자기가 필요할 때만 힘없는 노인인 척해서 이익을 챙긴다. 남의 아픈 부분을 툭툭 건드리며 거침없이 조언자인 척 말할 때의 의기양양한 얼굴이라니.

그러고는 답례를 요구하니 얄미운 마녀와 다를 바 없다.

해마다 여름 기운이 느껴질 때면 문득 생각난다. 별 할머니와 있던 장면. 그곳은 언제나 밤이다.

시원한 감색紺色이 묘한 밝기로 펼쳐지는 아직 이른 밤

하늘을 꼬챙이 같은 몸이 가로질러 간다. 마녀의 빗자루가 아닌 킥보드를 타고.

마음이 힘들어서 아침을 맞이하는 게 괴로운 밤. 별 할머니가 한 온갖 거짓말이 생각난다. 설레던 마음이 조금, 아주 조금 되살아난다.

진실도 거짓도 다 빨아들일 것 같은 먼 곳의 별들이 가슴에 스르륵 내려앉는다.

밤하늘. 어릴 때부터 밤하늘 보는 것을 좋아했다.

새까맣고 묵직한 밤하늘. 군청색 하늘에 파인애플 껍질 같은 무늬의 투명한 구름. 어떤 곳에서 올려다보는 어떤 하늘도 그 나름대로 아름답다.

그중에서도 내가 좋아하는 것은 우리 집 층계참의 창으로 내다보는 밤하늘.

우리 집은 교외 주택가에 있다. 내가 어릴 때, 회사원인 아빠가 꼬박꼬박 든 적금과 대출로 산 평범한 분양주택이다. 간신히 머리 하나 들어가는 작은 창으로 고개를 내밀고 아래를 내려다보면 좁은 정원이 있다. 엄마가 정성껏 손질한 허브와 다년초가 어둠에 섞여 있다. 저 멀리까지 끝없이 이어진 평범한 밤 풍경.

밤의 발밑에 나란히 있는 지붕들의 실루엣을 보고 있으면 어린 시절의 내게로 타임워프 할 것 같다. 너무나 오랫동안 달라지지 않은 풍경 탓에.

메리 포핀스를 오리지널부터 시작해서 『공원의 메리 포핀스』, 『돌아온 메리 포핀스』까지 푹 빠져서 읽던 그 시절에는 나도 훈련만 하면 하늘을 날 수 있지 않을까 하고 은근히 믿었다. 그렇게 되면 지붕에서 지붕을 타고 날아서 가고 싶은 곳에 마음대로 갈 수 있을 텐데(발상은 포핀스라기보다 닌자 느낌이다). 다만 어떤 훈련을 하면 좋을지는 전혀 감이 잡히지 않았다.

창가에 턱을 괴고 있으면 당장이라도 시도해보고 싶어서 발꿈치가 근질거린다. 용기 내어 여기서 뛰어내리면 그대로 몸이 붕 날지 않을까. 그래도 명색이 중학생이라 그런 위험한 놀이를 시도하진 않지만.

그러나! 나는 더 한심한 짓을 하고 말았다.

이게 다 밤 탓. 반할 정도로 선명한 감색을 띤 어젯밤 하늘 탓이다.

좋아하는 사람에게 편지를 보내고 말았다. 그것도 밤

에 써서 밤에 보냈다.

"아침이 되면 부끄러워서 마음이 바뀐다."

이렇게 말하는 사람들의 생각과 반대로 가보자고 나 자신을 부추겨서 밤에 우체통에 넣으러 갔다.

밤은 이따금 너무 잔혹하고 못되게 사람을 조종한다.

아침 햇살에 눈을 떠서 책상에 굴러다니는 형광펜과 밤비 스티커(봉투에 붙였다)를 보았을 때는 참담하기 그지없는 기분이었다. 나는 고백 따위를 하는 캐릭터가 아니다. 아무리 그것이 러브레터도 뭣도 아닌 단순한 생일 카드라 해도. 내게는 폭탄급 고백이나 마찬가지였다.

도오루에게 한 일생일대의 마음 표시. 나는 그것을 격렬하고 격렬하게 후회했다.

게다가 대학생에게 밤비라니. 머리 아프네.

중학생은 이럴 때 너무 불편하다. 어중간한 나이다. 어른, 동급생, 동네 지인(이를테면 도오루 같은)에게 내 서랍에서 적당한 내용물을 꺼내 보여야 한다. 그것이 이른바 '미묘한 사춘기'를 원만하게 보내는 요령이니까.

그런데 이렇게 이따금 실수를 하고 만다. 그러면 나와 주위뿐만 아니라 내 속에도 삐딱함이 생긴다. 몹시 까칠

한 기분이 든다. 수업 시간에 배운, 지진이 나기 직전의 단층斷層처럼.

학교에서도 방과 후 서예 학원에서도 나는 성난 파도처럼 계속 분노했다. 분노에 넘쳐서 먹을 가는 바람에 시커먼 먹물이 벼루에서 마구 튀었다. 한 글자 한 글자에 나를 향한 원망이 담긴 지렁이 같은 글씨를(참고로 내가 쓴 글씨는 '후회'였다) 보고, 우시야마 선생님은

"아주 힘이 넘치는 글씨네요. 화나 있긴 하지만 힘이 넘쳐서 좋군요."

하고 칭찬해주었다. 우시야마 선생님은 원래 남의 글씨를 깎아내리지 않는다.

같은 동네여서 우편물은 내일이면 확실하게 아사쿠라 씨네(도오루의 집이다) 우편함에 떨어질 것이다. 되찾으려면 우편함을 지키고 있다가 훔치는 방법밖에 없다.

두 집 건너에 사는 이웃이 도둑질 같은 것을 하다 아사쿠라 씨네 사람들에게 들키는 것과 도오루가 카드를 읽는 것, 어느 쪽이 덜 창피할까. 머릿속이 세탁기처럼 빙글빙글 돌아서 서예 수업이 끝날 즈음에는 늘어날 대로 늘어난 고무줄처럼 축 처졌다.

서예 학원에서 사람들이 다 돌아갈 때까지 느릿느릿 가방을 쌌다. 복도에 있는 화장실에 갔다가 오니 건물에는 이미 인기척이 사라졌다.

계단을 내려가서 상점가로 가는 대신, 탄력을 올려서 옥상으로 가는 계단을 세 칸씩 껑충껑충 뛰어 올라갔다. 전에 나이 많은 원생들이 "이 빌딩, 엘리베이터가 없어요."하고 불만을 털어놓자, 우시야마 선생님은 미안한 듯이 머리를 긁적거렸다. 이런 낡은 빌딩이어서 가난한 제가 학원을 열 수 있었답니다. 우시야마 선생님이 원생들의 글씨를 깎아내리지 않는 것은 관대해서만이 아니라 주눅 든 탓도 있을 것이다.

고요한 밤기운을 빨아들인 콘크리트 냄새. 옥상으로 통하는 철문을 가만히 밀었다. 드문드문 켜진 가로등과 넓디넓은 밤하늘이 눈앞에 펼쳐졌다.

이 시간, 즉 서예 수업이 있는 월요일과 목요일 밤의 옥상은 온전히 내 차지.

이 건물은 대부분 임대 사무실이 입주해 있어서 해가 진 뒤 옥상에 오는 호기심 많은 사람은 거의 없다. 낮에는 그래도 도시락을 먹거나 담배 피우러 오는 사람이 있는 것 같다. 이따금 삼각주먹밥 포장 비닐이나 담배꽁초가 떨어져 있다. 눈에 띄는 쓰레기는 주워서 복도 쓰레기통에 버리고 간다. 공중도덕이니 하는 대단한 이유에서가 아니다.

내 아지트니까. 땅속의 단층처럼 까칠해진 마음을 매끄럽게 되돌리는 장소니까.

그런데 오늘 밤은 쓰레기 말고도 낯선 이물질이 시야에 들어왔다.

다가가 보니 웬걸 그것은 킥보드였다. 최근에 보이는 전동식 멋진 킥보드가 아니라, 이미 한물간 발로 굴리는 킥보드다.

이런 게 왜 옥상에 있는 거지?

고개를 갸웃거리면서 손으로 밀어보았다. 완전 진한 메탈릭오렌지색 보드는 콘크리트 위를 마지못한 듯이 끼익끼익 미끄러졌다. 그때 뒤에서 소리가 났다.

"어이, 너. 뭐 하는 거야."

걸걸하지만 묘하게 생기 넘치는 높은 목소리. 깜짝 놀라서 돌아보니 몸집이 작은 할머니가 서 있었다. 허리에 손을 짚고 그야말로 "나, 잘난 척하고 있습니다." 하는 자세다.

심술궂은 얼굴에 더해 옷차림에도 시선을 빼앗겼다. 노란색 바탕에 촌스러운 보라색 꽃무늬 니트 스웨터. 긴 치마는 체크무늬. 라메가 들어간 토속적인 스카프를 목에 둘둘 감은 그 사람은 날카로운 눈초리로 말을 계속했다.

"남의 것 함부로 만지지 말라고. 요즘 애새끼들은 잠시도 방심할 수 없단 말이야."

목소리에 담긴 악의에 울컥하면서 손을 뗐다. 노인의 모습을 본 순간, 이 사람은 위험한 인종이란 걸 바로 판단한 나는 신중하게 미소를 지어 보였다.

"죄송해요. 아무도 없어서 누가 깜빡하고 두고 갔나 봤을 뿐이에요."

"가식적 미소."

"네?"

황당해서 미소가 남아 있는 채로 굳어버렸다.

"한심하네, 그렇게 어린 나이에 가식적인 미소를 짓다니."

비웃는 입가. 찢어질 듯이 벌어지는 입술이 음산하다. 엮여서 좋을 일 없다. 아니, 덤벼들까 봐 무서워서 잠자코 있는 내게 할머니는 계속 말했다.

"보기만 했다는 것도 거짓말이잖아. 만졌잖아. 거짓말
은 도둑질의 시작, 도둑질은 지옥의 입구란 말이지. 뭐,
좋아, 빨리 돌려줘. 나 바쁘다."

할머니는 턱으로 내가 난간에 기대 놓은 킥보드를 가
리켰다. 할머니가 킥보드를 타는 순간, 화려한 무늬의 양
말과 새처럼 뼈만 앙상한 발목이 보였다.

누구라도 어안이 벙벙할 광경이다. 밤의 옥상에 화려
한 차림의 할머니가 느닷없이 나타나서 나이에 어울리지
않는 킥보드를 타고 돌아다닌다. 아니, 타고 돌아다닌다
기에는 너무 엉망이었다. 작은 몸집은 보드 위에서 균형
을 잃어 금방이라도 넘어질 것 같았다. 그러나 알 바 아니
다. 슬슬 뒷걸음질로 문 쪽으로 물러나려고 하는 순간, 날
카로운 목소리가 나를 세웠다.

킥보드에서 내린 할머니가 말했다. 너, 이거 탈 줄 알
아?

"이거라니요?"

"보면 몰라. 이거 뭐라고 하더라, 켁인지 킥인지."

"……킥보드."

"알면 빨리 말해, 버릇이 없어. 탈 줄 아냐고 묻잖아."

타지 못할 것도 없지만……. 입속으로 애매하게 중얼거렸다.

실제로 타본 적은 있다. 딱 한 번. 작년에 같은 반이었던 사사가와가 사촌 형에게 얻었다며 낡은 킥보드를 시험 삼아 타보게 해주었다. 자전거와 달리 발바닥이 지면을 미끄러지는 느낌이 꽤 기분 좋았다. 사사가와도 마음에 들어 하며 얼른 엄마를 졸라서 전동식으로 바꿔 탔다. 그것도 질리자 스케이트보드와 스노보드에 빠졌다. 마른 몸에 헐렁한 파카를 입고 랩을 좋아하는 사사가와. 조숙한 어린이 같아서 귀엽긴 했지만, 그 녀석과의 데이트는 이내 질렸다.

도오루 같은 차분한 분위기가 10분의 1도 없다. 지금은 복도에서 마주치면 시선을 피한다. 역시 애들이다. 그 녀석도 반 친구들도. 그리고 나도.

"반응이 느려터진 녀석이네. 혹시 이거냐?"

관자놀이 옆에 검지를 돌릴 때는 나도 화가 났다. 짜증나는 밤이다. 생일 카드 때문에 실컷 후회한 뒤에 열받게 하는 할머니 등장.

결국 낯선 노인 앞에서 나는 킥보드를 타고 말았다.

"오호라, 이 페달을 밟으면 나가는 거구나. 장난감 참
잘 만들었네, 오오."

알겠다는 듯이 말하고 할머니는 주뼛주뼛 핸들을 잡았
다. 큰소리를 치지만 무서웠던 것 같다. 우리 세대는 스피
드에 약해서 말이지. 변명하면서 끈기 있게 연습한다. 무
서우면 타지 않으면 될 텐데. 오도 가도 못 한 채 나는 속
으로 욕을 했다.

"어어, 이거 재미있는걸."

환하게 웃는 할머니 머리 위로 아주 밝은 별이 지나가
는 것이 보였다.

움찔했다. 순간, 할머니가 밤하늘에서 킥보드를 타는
것처럼 느껴졌기 때문이다. 실제로는 난간으로 돌진하며
어어억, 하고 이상한 소리를 지르고 있었다.

그때. 주름투성이 얼굴로 활짝 웃는 걸 보았을 때 마가
꼈는지도 모른다.

"가르쳐준 답례로 부탁 한 가지 들어주지. 말해봐. 넌
둔탱이 같아서 한두 가지쯤 실수한 게 있겠지. 돌이켜줄
수도 있다."

거만하게 웃어넘길 생각이었는데 되묻고 말았다.

"정말요? 정말로 내가 한 실수, 돌이킬 수 있게 해주나요?"

정신이 약간 이상해 보이는 킥보드 할머니한테 무슨 소리를 하는 거지, 나.

하지만 그때의 나는 도와주겠다고 하면 어떤 손이라도 냉큼 잡았을 것이다. 지푸라기라도 잡고 싶은 심정으로 할머니의 마른 나뭇가지 같은 손을 잡았다.

분명히 이것도 밤 탓이다. 부드러운 봄밤의 정적에 뛰어 들어온 침입자 탓.

"그래서 그 소꿉친구인 코지인가 뭔가한테 보내고 싶지 않은 편지를 보냈다는 거냐."

할머니가 진지한 표정으로 확인했다.

도, 오, 루. 얼른 정정했다. 도오루의 이름을 틀리다니 말도 안 된다.

"일일이 깐깐하게 구네. 얘기의 흐름을 끊지 말라고. 그래, 그 편지를 녀석이 읽기 전에 되찾고 싶다 그 말이지?"

나는 잠자코 고개를 끄덕였다. 옥상 난간에 기대어 낯선 노인에게 도오루 얘기를 털어놓는 상황에 현기증을 느끼면서.

편지라기보다 생일 카드라고 말하자, 할머니는 비웃듯이 입을 삐죽거렸다.

"생일 카드에 오글거리는 말을 썼구먼. 사랑하네 어쩌네 하고. 넉살도 좋아."

"아니에요. 그런 말 쓰지 않았어요. 그냥 축하한다고만 썼다니까요." 하고 황급히 고개를 저었다.

"쳇, 한심하네. 요는 사랑하는 거잖아. 사랑하는데 '사' 자도 쓰지 않았을까."

이번에는 전혀 엉뚱한 소리를 한다. 완전 자기 마음대로다. 나는 발밑의 가방을 주워 들었다.

"마음대로 무시하세요. 얘기한 내가 잘못이지."

어이, 어이. 서둘지 마. 그렇게 말하며 팔을 잡는 힘이 의외로 셌다.

"둔하기만 한 게 아니라 성질도 급하네. 믿음이 부족한 아이구나. 안심해라. 네 카드, 내가 책임지고 찾아줄 테니."

"되찾지 못하면 할머니가 책임질 거예요?"

백 퍼센트 믿지도 않는 주제에 시험하듯이 할머니에게

대들자, "뭐든지 남 탓만 하는 거 아니다." 단호하게 나무라는 소리가 돌아왔다.

"네가 카드를 보낸 게 밤 탓이라고 했지. 되찾지 못하면 이번에는 내 탓. 그렇다면 세상에 태어난 건 부모 탓이냐."

"그렇지만 할머니가……."

야단맞는 데 익숙하지 않은 나는 순간 우물거렸다. 아무도 나를 야단치거나 내게 화내지 않는다. 화나게 할 일은 하지 않고 이 사람처럼 상처 입히는 말도 하지 않는다.

"알겠냐. 늙은 몸으로 기껏 친절을 베풀려는데 실수가 어쩌고 책임이 어쩌고, 밉상스럽게 말하는 거 아냐. 고맙습니다, 기다리고 있을게요, 하고 순수한 태도를 보이는 게 예의란 거야."

화난 듯이 빠르게 떠들어대더니 할머니는 다시 보드를 탔다.

나는 입술을 깨물고 고개를 숙였다. 영문을 모르겠네. 이상한 할머니한테 킥보드 연습을 시켜주고 비밀을 만들고 어째서 야단까지 맞는가. 운이 나쁘다. 그렇게 여기기로 하고 생각을 멈추었다.

이것도 운 탓으로 돌리는 건가?

나는 그저 도오루를 향한 마음을 아무에게도, 심지어 도오루에게조차 알리고 싶지 않을 뿐. 울타리를 만들어서 소중히 하고 싶은 영역은, 그 울타리가 망가지면 두 번 다시 고칠 수 없다. 원래대로 되돌릴 수 없다.

망가지느니 차라리 알리지 않는 편이 좋다. 평생 출입 금지인 채로가 좋다. 생판 모르는 남에게 털어놓은 내가 나빴다. 아아, 또 후회다.

그런데 밤하늘을 배경으로 태연하게 옥상을 가로지르는 할머니를 보고는 깜짝 놀랐다.

짙은 잿빛 하늘에 혜성처럼 한 줄기 빛이 지나가는 것 같았다. 눈부신 한 줄기의 빛. 도오루가 연주하는 밴조 소리와 비슷한 속도로 가슴을 찔렀다. 사람을 믿는다는 것은 아픔과 비슷하다. 한심하게도 그런 생각이 들었다.

한심한 김에 다음 순간 이런 말을 하고 말았다.

"알겠어요. 밑져봐야 본전이니 믿을게요, 할머니를."

좋아. 밑져봐야 본전이라고 생각하는 게 네 그릇의 크기이긴 하지만 말이다. 할머니가 만족스러운 듯이 끄덕였다. 그러고는 얄밉게 가느다란 눈썹을 올리며 "근데."

하고 말을 꺼냈다.

"네가 해준 일에 비하면 내 보답이 훨씬 힘든 거야. 상대는 우체국이라고. 수고는 균형이 맞아야 해. 그래서 하는 말은 아니지만……."

"뭔데요?"

불길한 예감에 싸여 눈앞에서 얄밉게 웃는 얼굴을 보았다.

"내일 여기에 올 때(언제 약속한 거야?) 이것저것 먹을 것 좀 갖다줘. 편식하지 않는 스타일이어서 말이다. 무리한 건 바라지 않아. 그냥 간단히 먹을 수 있고 영양가가 있으면 돼. 노인의 치아도 좀 고려하고. 참고로 난 치즈빵하고 닭튀김 좋아한다. 컵 포장한 모즈쿠초(큰실말을 초절임한 것―옮긴이)도. 주먹밥은 매실과 산나물. 참치마요처럼 느끼한 건 안 먹어."

혹시 이 사람, 노숙자? 어안이 벙벙한 채 미미한 저항을 시도했다.

"저기, 내일은 못 와요. 학원 오는 날 아니면 밤에 나오지 못해요."

흐음. 의심스럽다는 눈초리가 나를 들여다본다.

목요일이라면. 솔직히 대답한 뒤 아차, 싶었다.

"오케이, 목요일 좋아. 카드는 그때까지 빼앗아 올 테니까. 그리고 말이야, 내 이름, 할머니가 아니고 호시노 토요야. 호시노, 토요."

또박또박 이름을 말하더니 할머니는 이내 흥미를 잃은 듯 휘릭 등을 돌렸다. 내 이름은 묻지도 않은 채. 그리고 한쪽 발로 콘크리트를 차더니 휘청거리며 핸들을 잡고 킥보드를 탔다.

어깨에 묵직한 피로를 느끼며 나는 옥상을 뒤로했다.

2

이웃에게 보낸 카드

도오루. 아사쿠라 도오루는 두 집 건너에 사는 다섯 살 연
상의 소꿉친구다.

　갓 생긴 신흥 주택가로 비슷한 시기에 이사 와서, 우리
집과 아사쿠라 씨 가족은 바로 친해졌다. 어린 나는 도오
루를 줄기차게 쫓아다녔다. 남자아이들끼리 노는 데 억
지로 끼기도 했다. 아사쿠라 씨네 집에는 어린 여자아이
가 없어서 아주머니도 딸인 이즈미도 나를 귀여워해주었
다. 도오루가 없을 때 그의 방에 들어가서 침대를 트램펄
린 삼아 놀 때도 많았다(우리 집은 침대가 아니었다). 도
오루는 싫은 얼굴 한번 하지 않고, 곤충채집 표본 만들기

를 가르쳐주기도 하고 수집한 우표 중에서 '돌아보는 미인(1948년에 발행된 우표로 우표 수집가에게 인기가 높다. —옮긴이)'을 주기도 했다.

그 황금 같은 유년 시절!

나는 도오루를 '월등히'라고 생각했다. '월등히'란 엄마가 즐겨 쓰는 말이다. 월등히 신선한 생선. 월등히 귀여운 원피스. 도오루는 거칠고 시끄러운 우리 반 남자아이들과 달랐다. 옷차림도 머리 모양도 수수하고, 염색도 하지 않았다.

도오루는 그 평범함을 월등히 멋지게 표현하는 남학생이었다.

고등학생이 된 도오루는 특이한 모양의 기타를 안고(밴조라는 악기라고 했다), 신기한 곡을 연주했다. 초등학생인 나도 그게 유행 음악과는 거리가 먼 종류라는 것쯤은 알았다.

"블루그래스라고 하는 건데 옛날에 미국에서 유행했던 컨트리 음악이야."

교복이 없는 학교에 다녔던 도오루는 체크무늬 면 셔츠에 리바이스 청바지 차림으로 밴조를 연주했다. 아직 서툴러서 더듬거리며 치는 현이 경쾌한 소리를 울렸다.

"왜 그렇게 오래된 음악을 해? 기타도 이상하게 생겼
고."

내 반응이 신통치 않자 도오루는 조금 쑥스러워하면서
말했다. 도오루는 음악 이야기를 할 때 언제나 수줍어하
는 얼굴이 되었다. 나는 눈부신 그 얼굴이 좋았다.

"첫째, 소리에 전율이 있어. 나는 한참 서툴지만 말이
야, 능숙해지면 엄청나게 속도감이 생겨서 신나게 연주
할 수 있어. 음악이라기보다 경쾌한 스포츠 같아. 손가락
이 아니라 이렇게 팔 전체와 몸을 써서 엄청난 빠르기로
쳐."

도오루는 웃으면서 피크를 손에 든 채 온몸을 흔들어
보였다.

"두 번째는 산에 오를 수 있기 때문이랄까."

"산?"

"진짜 산이 아니고. 음악에는 각 장르의 정점에 오르기
위한 피라미드 같은 산이 있거든. 블루그래스는 폭이 넓
은 록과 클래식에 비해서 하는 사람이 적어. 스타일 자체
도 기술이 필요하지만, 꽤 전통적이야. 즉, 열심히 하면

첫 번째 고갯마루 정도는 가뿐히 오를 수 있다는 말이지. 경치 좋은 장소에 서서 친구들과 신나게 밴조를 치는 것이 지금의 내 목표."

"그렇구나……."

사실은 잘 몰랐지만, 산 정상에서 기분 좋게 악기를 연주하는 도오루는 정말로 멋있겠다고 생각했다. 나는 천천히 물었다.

"그럼 블루그래스를 월등히 잘하고 싶다는 말?"

도오루는 잠시 생각하더니 진지한 얼굴로 끄덕였다.

"그래, 월등히 잘하고 싶은 것일지도 모르겠네. 누구라도 그런 것 한 가지쯤은 갖고 싶을 거야."

나는 끄덕이면서 기뻐했다. 역시 도오루는 최고의 남자라고 확신했고, 그런 얘기를 어린 내게 제대로 설명해 주는 점도 참 좋았다.

도오루에게 월등한 사람이 되고 싶다……. 그것은 하늘을 나는 것만큼이나 강렬하고 간절한 소원이 됐다.

하지만 도오루와 자연스럽게 대화를 나눈 것도 내가 초등학교를 졸업할 때까지였다.

중학생이 된 뒤 도오루를 향한 마음을 논리적(!)으로

깨달은 뒤로는 이미 무리였다.

우연히 편의점에서 만나면 도오루가 나를 알아보기 전에 도망쳤다. 머릿속으로 몇천 번이나 예행연습을 했음에도(가게에서 우연히 마주친다→같이 과자를 산다→공원에서 함께 먹는다는 사소한 설정). 길 저편에서부터 가까워지는 웃는 얼굴을 발견하면 로봇 걸음으로 스쳐 지난다. 간신히 건네는 미소는 어색. 교복 셔츠 아래로 나이아가라급 식은땀.

도오루는 나날이 무뚝뚝해지는 내 태도에 처음에는 놀라다 나중에는 상처 입은 것처럼 보였다(이것은 내 착각일 수도 있다). 도오루는 슬퍼하며 나를 향한 진짜 마음을 깨달았다. 당연히 이것도 나의 상상.

실제로 도오루는 쌀쌀맞은 내 태도에 이내 익숙해졌다. 동시에 전처럼 밝게 말을 걸어오는 일도, 밴조를 들으러 오라고 부르는 일도 없어졌다. 그렇다고 무시한 것도 아니다.

즉, 나는 단순한 이웃집 아이 위치로 내려왔다. 완벽할 정도로.

내가 내 울타리 안을 어슬렁거리는 동안, 그는 오토바

이 면허를 따고 고등학교를 졸업하고 대학생이 됐다. 블루그래스 동아리에서 밴조를 치고 아르바이트하러 다니고 이따금 고급스러운 가방을 어깨에 멘 여자와 걸어갔다. 대학생은 바쁘다.

안다. 그런 날들을 보내는 중에 이웃집 아이에게서 생일 카드가 온다면 누구라도 놀랄 터. 아, 지금 깨달았다. 카드는 도오루에게만 보이고 싶지 않은 게 아니다. 그 찰랑거리는 머릿결의 여자가 보고 "어머, 이웃집 아이가 귀엽네." 하며 웃는 것도 싫다.

엄마가 데워준 저녁을 먹으면서 나는 묵묵히 그런 생각을 했다.

오늘 저녁은 톳나물과 달달한 감자조림과 햄버그스테이크와 화이트소스 그라탱. 아빠가 좋아하는 것과 내가 좋아하는 것을 적절히 조화시킨 탓에 우리 집 식탁은 언제나 일식도 양식도 아닌 것이 된다. 서예 학원이 있는 날은 나 혼자 늦은 저녁을 먹지만, 엄마는 자연스럽게 식탁에 마주 앉는다. 아빠는 텔레비전 앞 소파에 진을 치고 있다가 이따금 우리 대화에 한마디씩 거든다. 평온하고 평화로운 가족의 일상 풍경.

"왜 그래, 츠바메. 오늘은 좀 멍한 것 같네?"

젓가락질을 멈춘 내 얼굴을 들여다보며 엄마가 말했다.

"그래? 체육 시간에 농구를 너무 열심히 해서 피곤한가 봐."

"학교 마치고 학원 가는 것 힘들지 않니? 피곤할 때는 쉬어."

"그럼 안 되지. 츠바메가 보내달라고 했는데."

아빠가 신문에서 얼굴을 들고 이쪽을 보며 웃었다.

"어머나, 어린애한테 그런 의무를 지우면 가엾잖아. 자기가 한 말을 끝까지 책임져야 한다니. 그건 어른한테도 어려운 일이야. 당신, 아침 조깅 선언이랑 츠바메 역사책을 읽겠다던 결심은 어떻게 됐어?"

"어…… 음, 머잖아."

아빠는 우물거리더니 얼른 신문으로 시선을 돌렸다. 나와 엄마는 고소하다는 듯이 눈짓을 주고받았다. 엄마는 착하다. 언제나 내 편을 들어준다.

그건 내가 엄마의 친딸이 아닌 것과는 관계없다고 생각한다.

엄마는 가족은 물론 길에서 만난 낯선 사람이나 고양

이나 메뚜기에게도 배려와 자비가 넘치는 사람이다. 아빠는 기가 약하긴 하지만, 바탕은 착해서 눈물이 많다. 우리는 가족으로서도 잘해나가고 있다.

하지만 알고 있다. 그것은 우리가 은밀히 노력한 결과이기도 하다.

서로를 배려하고 평범한 가족의 시간을 소중히 여기는 것. 재혼 가정이 지금은 얼마나 흔한데, 꼼꼼한 아빠와 신중한 엄마는 그 사실에 주눅 드는 경향이 있다.

내가 별다른 반항기 없이 자란 것은 힘을 모아 노력하는 두 사람이 왠지 귀여웠기 때문이다.

부모를 귀엽다고 생각하는 건 좀 이상하지만, 잘 지켜온 것을 무너뜨리는 일은 나도 잘 못한다. 그럴 때 나는 확실히 엄마보다 아빠의 기질을 물려받았구나 싶다.

"괜찮아. 서예가 체력이 필요한 일도 아니고 말이야. 지겨워지면 그만두겠지만 지금은 즐거워. 학교 친구들은 할머니 같다고 놀리지만."

"엄마는 힘들더라, 붓펜으로 쓰기도 어려워. 요즘 애들치고는 드문 취미지. 역 앞 서예 학원에 보내달라고 했을 때 완전 깜짝 놀랐잖아."

"초등학교 때 펜글씨 선생님이 재미있었거든. 한번 배워보고 싶었어."

엄마는 오오, 하고 감탄한 듯이 끄덕였다. 거짓말이다. 펜글씨 시간은 수학 다음으로 싫었다. 아빠는 말이 없다. 스포츠 면을 열심히 보는 척.

나는 알고 있다. 아빠가 조마조마한 마음으로 대화에 귀를 기울이고 있다는 걸. 옛날에 헤어진(아빠가 버려졌다) 아내와 같은 취미를 가진 딸. 아빠 말로는 나의 친엄마는 꽤 유명한 서예가(서예가라는 직업이 있다는 것도 그때까지 몰랐다)로 최근에 수묵 화가로도 활약하고 있다고 한다.

친엄마 얘기를 할 때, 아빠의 뺨은 희미하게 붉어진다. 엄마한테는 비밀이야. 그렇게 목소리를 낮추는 아빠는 좀 유치한 데가 있다. 은근히 딸과 비밀을 공유하는 즐거움을 음미하고 싶어 한다.

서예에 눈곱만치도 관심이 없을 때, 부모님에게 학원에 보내달라고 했다. 처음에는 먹물 한 가지로 뭔가를 쓰는 것은 지루하다고 생각했고, 먹을 갈고 붓을 씻는 것도 귀찮을 것 같아서 내키지 않았다. 그래도 알고 싶었다.

친엄마가 그토록 빠져 있는 일이 어떤 것인지. 물론 서예나 수묵화 때문에 엄마가 나와 아빠를 두고 집을 나간 건 아니다. 명백히 엄마는 다른 사람을 '사랑해서' 집을 나갔다. 그 사실도 아빠가 비밀로 얘기해주었다. 바람이 아니라 사랑이라고 아빠는 말했다.

엄마는 내가 친엄마와 같은 분야에 흥미를 보인다고 해서 슬퍼하지 않을 테다. 역시 핏줄이네, 하고 진지하게 감탄할 것이다. 엄마에게는 자신이 있었다.

나를 세 살부터 키웠다는 절대적인 자신감. 다만 내가 친엄마에 관한 흥미만으로 서예를 시작했다는 걸 알면 좀 상처받을지도 모른다. 그래서 나도 아빠도 말하지 않았다.

엄마도 아빠도 나를 존중해준다. 다른 친구들 부모처럼 필요 이상으로 이러니저러니 잔소리하지도 않는다. 나도 두 사람을 정말 좋아하는데, 어째서 긴 시간 같이 있으면 불편해질까. 가슴 언저리가 뭉글뭉글 답답해질까.

화목한 가족 그림이 수놓인 태피스트리. 우리 가족은 서로 배려하고 위로하며 그걸 짜고 있는 것 같다. 손톱에 걸려서 풀어지지 않도록 조심하면서. 정성껏.

나는 언뜻 유쾌해 보이는 그 공동 작업에 이따금 지치
는지도 모른다.

호기심으로 시작한 서예 학원도 지금은 제법 마음에
든다. 아니, 달리 마음에 드는 것이 없다. 환한 등이 켜진
이 집도, 친구와 109(시부야에 있는 대형 쇼핑몰─옮긴이)의
미소녀 취향 가게를 돌아다니다 파르페를 먹는 것도, 까
불며 찍는 스티커 사진도. 시시하다. 고만고만한 인생에
고만고만하게 그린 흑백 수묵화의 일부 같다. 고만고만
하다는 말은 편리한 말이지만. 좀 쓸쓸하다. 고등학생이
나 대학생이 되면 바뀌려나.

도오루와 얼굴도 모르는 친엄마처럼 나만의 월등한 것
을 찾을 수 있을까.

식사 뒷정리를 하고 숙제한다고 얼른 내 방으로 왔다.

보통 열 시까지는 거실에서 가족과 함께 단란한 시간
을 보내는 것으로 정해져 있다. 딸의 의무는 지켜야 한다.
하지만 가끔 이렇게 숨이 막힌다.

지난 며칠 내내, 나는 기도하면서 보냈다. 부디 길에서
도오루를 만나지 않게 해주세요.

목요일 밤. 편의점에서 산 식료품을 들고 옥상으로 가

는 나의 기특함(어리석음이기도 하다)에도 놀랐지만, 나를 더 놀라게 한 것은 할머니, 아니 호시노 토요 씨다.

낯익은 봉투를 보는 순간, 정신이 아득해졌다. 말도 안돼. 진짜야? 어떻게?

헛소리처럼 주절거리는 나를 그는 어이없다는 눈으로 바라보았다.

"너, 놀라는 꼴을 보니 나를 믿지 않았구나. 하지만 기쁘게 해놓고 미안한데 말이다, 약속은 지키지 못했다."

"네? 그렇지만 이 봉투……."

받아 든 봉투를 내려다보다 새삼 오싹했다. 봉투가 비어 있었다.

내용물이, 중요한 카드가 들어 있지 않다는 것을 팔랑거리는 봉투의 가벼움으로 알았다.

"호, 혹시."

머뭇머뭇 입을 여는 내게 할머니는 태연한 표정으로 말했다.

"아니, 그게 타이밍이 나빠서 말이다. 마침 내가 우편함에서 꺼내려는데, 그 청년이 나타난 거야. 남의 우편물 훔치다 들키면 이런 늙은이라도 경찰에 끌려갈지 모르잖

아. 할 수 없이 네가 이걸 전해달라고 했다고 그 청년한테 내밀었지."

어예엣. 이상한 소리가 나왔다. 그냥 우편물이 온 거라면 몰라도 어째서 이런 할머니가 카드를 배달하러 왔는지, 도오루도 몹시 혼란스러웠을 것이다.

"그렇지만 뭐 아주 괜찮은 청년이던걸. 바로 감사합니다, 인사를 하더라고. 그거 생일 카드 같다고 가르쳐주었더니, 아, 그렇습니까, 하고 기뻐하더라. 그리고 그거."

할머니가 내 손에 들린 봉투를 빼앗아서 거꾸로 흔들었다. 손바닥에 작은 삼각형 플라스틱 같은 것이 떨어졌다. 낯익은 것이다. 도오루가 밴조를 치는 피크다.

"어떻게 된 거예요? 이거?" 나는 거품을 물고 물었다.

"잘 배달했다는 증거로 봉투만 돌려달라고 했지. 그랬더니 이걸 너한테 전해달래. 답례가 아닐까. 예의 바르고 착한 남자던걸. 좀 허무주의자 같아 보이는 점이 죽은 우리 영감을 닮은 것 같기도 하고. 내가 좀만 젊었더라면."

히죽히죽 웃는 할머니를 무시하고 나는 손바닥의 피크를 들여다보았다. 도오루의 피크. 도오루의 손가락과 악기를 이어서 소리 나게 하는 작은 조각. 나는 사랑스러운 마음으로 그걸 꼭 쥐었다. 뭔가 복잡해진 것 같지만, 전부 털어낼 수 있을 만큼 기뻤다. 피크는 밤하늘에 녹을 듯이 부드럽고 투명한 갈색이었다.

이걸 도오루가 내게 주었어.

고마워.

나는 밤의 옥상 한구석에서 가만히 중얼거렸다.

완전히 속았다는 사실을 안 것은 그 며칠 뒤였다.

뭐, 그런 수상한 할머니를 믿은 나도 잘못이긴 하지만.

며칠 동안 나는 피크를 지갑에 넣어 한시도 떼놓지 않고 갖고 다녔다. 몸에 지니고 싶기도 했지만, 도오루를 만나면 "이거 고마워."라고 인사하고 싶어서.

토요일 오후. 지금까지 그토록 열심히 피해 다닌 상대와 마주칠 기회는 어이없이 찾아왔다. 당연하다. 이웃이니까 만나지 못하는 게 더 어렵다.

길 저쪽에서 걸어오는 도오루에게 나는 온갖 용기를 쥐어짜서 말을 걸었다.

"저기."

지금까지 몰래 도망치던 상대가 말을 걸자 도오루는

잠깐 놀라는 것 같았다. 그래도 다음 순간에는 반가워하며 미소를 지었다. 나는 지갑에서 피크를 꺼내 머뭇머뭇 내밀었다. 이거, 하고 내가 말하려던 그때다.

고맙다고 말하기도 전에 도오루는 "아앗, 그거!" 하고 기뻐하며 소리를 질렀다.

"잃어버린 줄 알았어. 츠바메가 주워주었구나. 고맙다. 근데 어떻게…… 혹시 집 앞에 떨어져 있었어?"

사정을 파악하지 못한 채 나는 모호하게 끄덕였다.

"그렇구나. 근데 이상하네. 케이스에서 빠지는 일은 좀처럼 없는데. 그래도 기쁘네. 실은 대모갑이어서 꽤 귀하거든. 아사쿠사 대모갑 가게에 특별히 주문해서 만든 거야. 이야, 정말 다행이다. 고마워."

도오루는 흥분한 말투로 계속 떠들었다. 2년 가까이 제대로 말을 나누지도 않았다는 사실을 잊은 듯이. 나는 어안이 벙벙하면서도 조심스럽게 주뼛주뼛 말을 꺼냈다.

"저기, 카드 말인데……."

"응? 무슨 카드?"

도오루의 놀란 얼굴을 본 순간, 확신했다.

"아니, 아무것도 아냐."

고개를 저으면서 생각했다. 도오루는 그 카드, 보지 않았다.

도오루는 몇 번이나 고맙단 인사를 하고는 또 보자, 하며 역 쪽으로 걸어갔다. 키가 큰 그의 뒷모습을 지켜보면서 그제야 무릎이 달달 떨리는 것을 느꼈다. 며칠 동안 나를 행복하게 해준 마법의 피크는 어이없이 주인에게 돌아갔다.

"이런, 들켰냐."

분노를 숨기지 않는 내게 호시노 토요는 그렇게 말하고 긴 혀를 날름 내밀었다.

나는 넋이 나간 채로 일요일을 보내서 늘 무사태평한 부모님을 걱정시켰다. 월요일 수업과 서예 학원 수업을 지루하게 듣고, 이렇게 옥상으로 달려 올라온 것이다.

호시노 토요는 나를 기다리고 있었다는 듯이 킥보드에 앉아서 사쿠라모치를 먹다가 얼굴을 들었다.

"왜 그런 거짓말을 한 거예요? 게다가 그 피크……."

"너도 멍청이지. 기껏 짝사랑하는 사람 물건을 훔쳐다 주었더니."

"훔치다니……."

"뭐 방법은 영업 비밀이지만 말이다."

시침 뚝 뗀 얼굴로 알 수 없는 소리를 했다.

나는 난간 너머에 펼쳐진 평범한 가로등 불빛을 멍하니 바라보았다. 도무지 영문을 모르겠다. 이 사람, 어째서 이런 짓을 하는 거지.

그는 천진난만한 모습으로 어깨를 으쓱였다.

"참고로 좀 궁금해서 꺼내 보았는데 말이다."

그렇게 말하더니 화려한 천을 덧대어 만든 파우치에서 내 카드를 꺼냈다.

"뭐냐, 이거. 정말로 '생일 축하해'뿐이잖아, 시시하기는. 그리고 이 글, 급식 시간의 히어로가 어쩌고 하는 것도 뭔 소린지 모르겠고. 내가 훔쳐내지 않았더라면 그 남자애가 징그러워했을지도 몰라, 너."

분노와 수치로 귓불이 뜨거워졌다. 호시노 토요는 계속 떠들었다.

"초등학교 시절의 미화된 추억에 집착하고 있겠지만 말이다. 그거 위험하다. 무엇보다 발전이란 게 없어. 중학생이나 돼서 원숭이 교실 같은 옛날 앨범을 넋을 잃고 넘길 때가 아냐. 처녀잖아, 어차피 너."

"무슨…… 그런 것 상관없잖아요! 할머니랑은."

천박한 미소를 내치듯이 노려보았지만, 할머니는 아랑 곳하지 않고 말을 계속했다.

"남자를 모르는 너라도 생각해보면 알 거 아니냐. 수컷 은 앞으로 앞으로 나아가는 생물이야. 이번에는 의리도 있고 해서 되찾아줬지만 말이야. 다음에는 옛날 감상 따 위 끄집어내서 상대를 식게 하지 마. 더 진취적으로 대하 라고."

할머니의 의기양양한 조언을 흘려듣고 나는 손에 든 카드를 머뭇머뭇 펼쳤다.

미피 그림이 있는 원색 카드. 미피는 이런 표정이었던 가. 무표정하게 서 있는 토끼에게 형광블루 펜으로 말풍 선을 만들어서 그 안에 쓴 글씨.

'도오루 오빠에게. 생일 축하해. 언제까지나 내 급식 시 간의 히어로로 있어주길'.

정말, 무슨 소릴 한 건지. 대학생인 도오루가 급식 시간 에 교실에 나타날 리도 없다. 추억에 얽매인 집착. 도오루 가 기억할지 어떨지도 모르는 유치한 추억이다.

특기인 서예로 쓸까 하는 생각도 했지만, 시작하지 않

길 잘했다. 도오루는 보지 않았으니 상관없나. 그런 생각을 하면서 고개를 숙이는데 컬러 펜으로 음영까지 만든 HAPPY BIRTHDAY 글씨에 눈물이 뚝뚝 떨어졌다.

무엇 때문에 흘리는 눈물인지 알 수 없었다. 카드를 보여주지 않았다는 안도감? 전하지 못한 말이 되돌아온 안타까움? 이 천박한 사람한테 보물 같은 추억을 부정당한 분함? 다 아닌 것 같다. 내게는 진짜 기분이란 게 없는 것 같다.

애새끼.

탁한 소리가 세게 울렸다. 황급히 뺨을 닦으며 얼굴을 들다 나무라는 듯한 시선에 부딪혔다. 주름에 묻힌 작은 눈이 미꾸처럼 까맣고 동그랗다.

"지나간 일에 연연하고 비탄에 잠기는 건 노인네가 아냐. 애새끼들이 하는 짓이지."

"무슨 말이에요, 그건."

내 콧소리가 윙윙 울린다.

"여생이 얼마 남지 않으면 아까워서 그런 짓 하지 않아. 시간을 더 기분 좋게 사용하려고 머리를 쓰고, 몸도 쓰지. 이렇게 말이다. 의미 따위 없어도 좋으니 기분 좋은 시간을 보내는 게 중요한 거야. 너도 보내지 못한 편지 보고 찡찡거릴 시간이 있으면 편지가 아니라, 말로 직접 전하고 좋은 기분을 느껴봐."

나는 어안이 벙벙하면서도 점점 웃음이 끓어올랐다.

"말로 못 하니까 카드로 썼잖아요(그것도 전하지 못했지만). 나이를 먹으면 아무 말이나 할 수 있어서 부럽네요. 난 아직 고민 많고 다감한 나이란 말이에요."

카악. 할머니는 커다란 입을 유쾌한 듯이 벌렸다. 동굴 같은 입도 이제 무섭지 않다.

"말문이 열렸네. 바로 그거지. 그래, 다감이란 말 한자로 어떻게 쓰는지 아냐?"

"많을 다多, 감정 할 때 감感이잖아요."

뿌루퉁한 얼굴로 대답했다.

"오홍. 넌 되도록 적은 감정을 지키려고 하는 것처럼 보이지만 말이다. 진짜 인색한 애새끼야. 부탁한 음식도 저것밖에 안 갖고 오고. 모즈쿠초는 어떻게 된 거야."

불만스럽게 어깨를 으쓱거리더니 할머니는 또 킥보드를 탔다. 그 후로 연습을 했는지 제법이다.

문득 의문이 떠올랐다. 이런 탈것을 연습하는 일과 여

생을 유효하게 보내는 일. 어떤 관계가 있을까.

라벤더색으로 물들인 할머니의 숱 적은 머리 위로 파랗고 차가운 별빛이 반짝인다.

"별…… 별 할머니."

엉겁결에 중얼거렸다. 나의 밤을 휘젓는 지긋지긋한 침입자에게 증정한 닉네임. 어설프게 킥보드를 타는 작고 단단한 등에 대고 이번에는 크게 불렀다.

아무튼 나는 이렇게 수상한 할머니와 친해졌다. 그리고 소원했던 도오루와의 거리도 피크를 계기로 아주 조금 원래대로 돌아왔다.

보내지 못한 생일 카드는 지금도 책상 서랍에 잠들어 있다.

3

지붕과 꽈리

내가 다니는 서예 학원은 좀 색다른 곳이다. 원장인 우시야마 선생님의 글씨에 대한 지론 때문인 것 같다. 이를테면 그날 쓸 글씨를 고르는 것은 전적으로 학생 의견에 맡긴다. 글씨 쓰기 숙제도 없고 명언이나 사자성어가 아니어도 괜찮다. 학교 서예 시간에 배우는 삐침이나 손목의 힘을 조절하는 부분도 교본을 따라 하는 게 아니다. 모두 자유. 요컨대 대충대충이다. 쓰고 싶은 글씨(가타카나든 동그라미든 세모든 좋습니다, 하고 선생님은 말했다)를 쓰고 싶은 대로 쓴다.

"중요한 것은 글씨 자체가 아닙니다. 글씨에 담긴 마음과 쓰는 과정입니다. 근성 없는 사람이 근성이란 말을 써 봐야 썰렁하기만 하고, 반대로 우아해지고 싶은 사람은 그렇게 쓰면 됩니다.”

교실에는 다양한 연령층의 원생이 있다. 우시야마 선생님의 말씀에 힘을 얻은 도쓰카 정육점 아주머니는 즉시 굵고 동글동글한 손가락으로 ‘엘레강스’라고 썼다. 누가 무엇을 써도 학교에서처럼 놀리는 사람은 없다. 그럴 때 이곳은 어른의 모임이구나 하는 생각이 든다.

내가 오늘 시도한 글씨는 ‘결혼結婚’. 왠지 문득 머리에 떠올랐다.

뭐지, 결혼이란. 부부란 뭐지. 어딘가 ‘가족’보다 비밀스럽고 달콤한 울림을 주는 말. 글씨로 쓰면 조금은 알 것 같았지만, 소용없었다.

부모님은 걸핏하면 결혼을 예찬한다. 절제란 게 없는 그들은 딸인 내게 예사로 자기들 사랑을 자랑한다.

츠바메, 결혼은 좋은 거야. 너도 상대를 고를 때는 학력이나 스펙이 아니라 매일 함께 맛있는 밥을 먹을 수 있는 먹성 좋은 사람을 골라.

그렇게 말하는 아빠는 출세보다 저녁 식사 시간에 맞

취 집에 오는 데 인생을 거는 경향이 있다.

결혼이란 상대의 취향에 맞는 요리를 식탁에 차리는 것? 요리에 흥미가 있다면 셰프가 되면 된다. 부부란 함께 텔레비전을 보고 쿡쿡 웃는 것? 혼자 봐도 웃긴 프로그램은 많다. 뭔가 실체가 보이지 않는다.

결혼이라. 우시야마 선생님이 삐뚤삐뚤한 글씨를 들여다보며 말했다.

"여학생들은 역시 동경하는구나. 좋네, 음. 희망이 담긴 좋은 글씨야."

희망이라니. 선생님은 이따금 대충 말한다. 수업을 마친 뒤에 데이트가 있으니 마음이 급하기도 하겠지. 이제 곧 마흔이 되는 우시야마 선생님은 결혼한 적이 없는 것 같다.

맞지 않는지도 모른다. 결혼이란 계약을 지키는 것이. 그래서 이미 결혼한 여성만 애인으로 고르는 거라고 원생 아주머니들이 수군거렸다. 학교보다 이런 학원이 훨씬 사회 공부가 된다. 소문을 좋아하는 것은 학교나 이곳이나 마찬가지지만.

결혼이란 글씨를 쓴 반지(가로 35cm, 세로 25cm의 얇고 흰

종이—옮긴이)를 둘둘 말아 가방에 쑤셔 넣고 옥상에 올라갔다.

급식에 나온 푸딩을 건넸더니 별 할머니는, "어, 야키푸딩이 아니네? 난 야키푸딩이 더 좋은데." 불평하면서도 뚜껑 안쪽을 혀로 맛있게 핥았다.

지난주에 손으로 깨끗하게 잘라서 남긴 빵을 갖다주었을 때는 "내가 길고양이냐?" 하고 화냈다. 그러니 급식에서 갖고 올 수 있는 것은 팩에 든 우유나 푸딩, 요구르트 정도다.

급식 시간에는 대체로 오쿠놋치와 스즈코와 책상을 붙이고 먹는다. 그 애들이 불러주니까. 불러주지 않으면 혼자 먹어도 괜찮을 것 같다. 하지만 시도한 적은 없다. 일단 시도하면 싫어도 쉽게 원래대로 돌아오지 못한다.

교실에서 '혼자서 급식 먹는 아이'라는 꼬리표는 위험하다. 스티커 사진 찍기나 쇼핑은 즐겁지만, 같이 급식 먹는 것은 좀 싫다. 어째서일까. 음식을 먹을 때야말로 상대방의 진짜 모습이 많이 보이기 때문일까. 평소에는 보이지 않는 야성의 모습.

오늘 레이코가 말했다.

"지저분하게 먹는 노인은 미움받잖아. 우리 할아버지, 가족에게 미움받지 않으려고 엄청 깨끗하게 드셔. 덕분에 나도 소리 내지 않고 먹는 버릇이 들었어."

눈앞의 별 할머니는 짭짭 귀에 거슬리는 소리를 내며 숟가락을 정신없이 입으로 가져갔다.

아마 누가 자기를 싫어할까 봐 두려워하지 않아서일 것이다. 더럽게 먹는다. 시끄럽게 먹는다. 남겨 온 급식을 먹어치우는 할머니를 보고 있으니 생각났다. 초등학교에서 돌아오는 길에 목재소에서 몰래 먹이를 주던 길고양이. 살아가기 위해 필사적으로 먹었다. 그 무심한 눈.

"결혼 따위 하지 않는 게 좋다, 너는."

장래의 배우자를 상상하는 소녀의 마음을 이 사람은 태연히 부숴버린다.

"연애를 꿈꾸는 소녀 때는 부부가 어떤 건지 상상하는 것도 무리겠지만."

"또 그런 소리. 별 할머니는 왜 그렇게 천박해요."

"천박한 김에 더 말해주랴." 마지막 푸딩을 소리 내어 들이마시더니 할머니가 말했다.

"결혼이란 말이지. 한참 밥 먹다가 배탈 난 상대방이 화장실에 똥 싸러 달려가도 모르는 척하고 된장국을 먹는 거야. 상대가 트림을 하면 속이 안 좋은가 걱정하는 거라고. 고상한 너한테는 무리일 거다."

밤의 봄바람은 부드럽다. 구름 끝에 석양의 여운이 조심스럽게 빛나고 있다.

이런 부드러운 봄밤에 똥이니 트림이니 하는 별 할머니의 정신 세계. 도무지 이해할 수 없다. 우리 부모님은 잘 지내지만, 밥 먹다가 화장실에 가지도 않고 트림도 하지 않고 방귀도 뀌지 않는다. 그렇게 말하니 별 할머니는 무시하는 표정을 지었다.

"아직 한참 젊은가 보네, 너희 집은."

"벌써 결혼한 지 1년째인데요, 우리 엄마랑 아빠."

"햇수 문제가 아냐. 1년 만에 피를 나눈 것 같은 부부도 있고, 평생을 살아도 상대를 모르는 결혼도 있지. 그런 거야."

별 할머니는 어때요? 물어보았지만, 언제나처럼 대답할 마음이 없는 질문은 무시한다.

만난 지 삼 주가 지났지만, 별 할머니에 관해서는 아무것도 모른다. 나에 관해서도 묻지 않는다.

그게 편하다. 달빛 아래, 잠시 옥상을 함께 돌기만 할 뿐인 관계.

별 할머니와의 대화를 가슴속으로 되감기 하며 밤의 상점가를 걸었다. 알맹이 없는 내용에 어이없어하기도 하고 뒤늦게 픕픕 웃기도 하면서. 별 할머니는 모든 일을 독설이나 농담으로 가볍게 정리한다. 화가 날 때도, 말이 통하지 않을 때도 많지만, 어딘가 담백하다. 이따금 귓구멍으로 바람이 지나가는 것처럼 시원한 기분도 든다.

집으로 오는 골목길을 돌자 차가 서 있는 것이 보였다. 가로등이 드문드문 있는 좁고 어두운 길. 밤눈에 보아도 고요한 주택가에 어울리지 않게 화려하고 큰 차다.

운전석 쪽으로 지나가려고 할 때 천박한 차체에 너무나 잘 어울리는 옆얼굴이 눈에 들어왔다. 젤로 딱 붙인 머리카락. 냉혹해 보이는 얇은 입술. 테 없는 사각 선글라스는 텔레비전에서 가끔 본 잘생긴 인기 가수가 끼는 것과 같은 모양이었지만, 이 남자가 끼니까 그냥 양아치 같다. 조수석 그림자는 차 안이 어둡고 남자의 덩치가 커서 잘 보이지 않았다.

놀란 것은 몸을 비스듬히 하고 차 옆을 지나가려던 그

때다.

조수석의 문이 열리고 한 여자가 내렸다. 나는 바짝 굳었다.

이즈미다. 아사쿠라 씨네 장녀이자 도오루의 누나인 이즈미. 차 문을 닫고서 이즈미가 차창에 머리를 들이밀었다. 골목 어둠 속에 선 나도 알아차리지 못할 만큼 재빠르게. 긴 갈색 머리를 한 손으로 잡고 운전석 남자에게 얼굴을 가까이 가져갔다. 그리고 그대로 남자의 입술에 입술을 갖다댔다. 남자가 몸을 구부린 이즈미의 통통한 뺨을 꼬집는다. 순간, 남자의 얼굴에 가려진 채로 이즈미와 눈이 마주쳤다.

심장이 쿵 떨어졌다. 이즈미는 남자에게 입술을 댄 채 눈으로만 빙그레 웃었다. 분명히 나를 보고 웃었다. 다리가 아스팔트에 붙은 듯이 서 있는 나를 도발하듯이.

이즈미는 재빨리 조수석 창에서 고개를 빼더니 남자에게 손을 흔들고 걸어갔다.

흰색 플레어 바지, 맨발에 뮬. 가로등 불빛에 카디건에 붙은 라메가 반짝반짝 빛났다. 내가 기억하는 청초하고, 조금 유행에 뒤떨어진 옷을 입은 이즈미의 뒷모습이 아니었다.

빠른 걸음으로 걸어가며 이즈미는 내 쪽을 돌아보지 않았다.

차 옆을 지나친 뒤 살그머니 돌아보았다. 운전석에서 남자가 담배에 불을 붙이는 참이었다. 연기를 토하는 모습과 남자의 별나게 긴 손가락이 뭔가 기분 나빴다. 남자가 뭐야, 하는 듯한 시선을 내 쪽으로 보냈다. 나의 혐오를 눈치챈 도마뱀 같은 날카로운 눈동자.

황급히 몸을 돌리고 걸어가는 내 옆으로 자주색 차가 거칠게 달려갔다.

햇살에 여름 기운이 섞인 봄의 끝. 뭔가 마음이 무거워지는 계절이다. 새 학기가 시작되는 봄에는 주위 분위기를 멍하니 바라보기만 해도 됐지만, 지금은 "슬슬 힘내라." 하고 재촉받는 기분이 든다. 학교에도 교실에도 서로 친해진 아이들의 무례함이 만연하다. 밝은 연두색 새싹은 찌를 듯이 눈부시다.

희망에 불타는 초임 담임선생님이 "고등학교 진학도 그렇지만, 코앞의 미래와 장래의 자신을 생각해보렴. 저

절로 길이 보일 테니까." 등등의 설교로 나를 우울하게 했다. 미래니 장래니 전망이니. 교실 뒷벽에 가지런히 붙여놓은 붓글씨 작품 같다. 어른들은 보이지도 않는 것을 시력 검사 하듯이 보게 하려고 한다. 우시야마 선생님처럼 동그라미나 세모를 그리면 용서해줄 것 같지 않은 진로지도 선생님들.

마음속에 정체 모를 것이 꿈틀거리며 생겨났다가 까닭없이 부예진다. 그런 나른한 일상을 뒤집는 일이 일어난 것은 이즈미를 목격한 다음다음 날이다.

학교에서 돌아와 우리 집 문을 열려고 하다가 총총걸음으로 달려온 이즈미와 부딪힐 뻔했다. 인사를 하려는 순간, 도오루가 쫓아왔다. 물론 내가 아니라 이즈미를. 어릴 때부터 도오루가 나를 쫓아오는 일은 한 번도 없었다.

이즈미는 도오루를 돌아보더니 단호히 말했다.

"네가 그렇게 배신할 줄 생각도 못 했어."

어안이 벙벙해서 집에 들어가지 못하고 서 있는 내 앞에서 이즈미는 소리를 높였다.

"아빠한테 말하지 않는다고 해서 얘기했더니."

"아빠한테는 말하지 않았어. 엄마가 물어서 살짝 얘기

했지." 하는 도오루의 진지한 얼굴.

"바보 아냐. 엄마한테 얘기하면 그대로 아빠 귀에 들어가는 건 당연하잖아. 이런 일은 타이밍이 중요한데. 너 때문에 다 망쳤잖아."

뭐가 뭔지 모르는 채 나는 우물쭈물 서 있었다. 이상한 변명이지만, 두 사람이 우리 집 앞에서 얘기하고 있으니 나도 그곳에 있어야 할 것 같았다.

무엇보다, 처음 보는 남매의 싸움이다. 네 살 차이인 도오루와 이즈미는 보기 드물게 우애 좋은 남매로 어릴 때부터 사이가 좋았다. 두 사람이 싸우는 걸 본 적이 없다.

내가 아는 이즈미는 성모 마리아처럼 관대하고 착했다. 우리가 과자를 달라고 해도 게임에 져달라고 졸라도 특유의 그 포근하게 웃는 얼굴로 다 받아주었다.

도오루가 타이르듯이 말했다.

"누나, 아무리 생각해도 속고 있는 것 같아, 그 남자한테. 냉정하게 생각해봐."

"만난 적도 없으면서 어떻게 알아, 그런 걸."

"얘기 들으면 알지, 누나한테 돈 내게 하고 자기 하고 싶은 대로 하잖아. 여행까지 갔지? 그렇게 진지한 교제라

55

면 왜 가족한테 보여주지 않냐고."

"내가 가족한테 제대로 얘기할 때까지 기다려달라고 부탁한 거야. 그 사람은 언제든 인사하러 오고 싶어 해. 실제로 요전에도……."

그렇게 말을 꺼내던 이즈미는 갑자기 생각난 듯이 내 쪽을 향했다.

"그래, 츠바메도 봤지? 그 사람이 우리 집 근처까지 바래다주는 것?"

"응? 어, 응……."

갑자기 물어서 나는 어정쩡하게 끄덕였다.

"집도 멀고 전철로 가도 된다고 했는데 굳이 이렇게 외진 주택가까지 데려다줬어. 부모님께 인사드리고 싶다는 걸 너무 늦었으니까 다음에 하자고 내가 말렸다고."

유유히 담배 연기를 날리던 남자의 옆얼굴을 떠올렸다. 서늘한 밤에 축 가라앉은 어두운 눈동자.

"결혼할 거야. 너랑 엄마랑 아빠가 아무리 반대해도 나 그 사람이랑 결혼할 거야."

도오루는 난감한 듯이 중얼거렸다.

"갑자기 결혼이고 어쩌고 하지 마, 길거리에서. 이웃집

56

사람도 있는데 흉해."

이웃집 사람. 나는 도오루의 파카 주머니 쪽에 시선을 떨어뜨리고 마음속으로 되뇌었다.

맙소사. 도오루의 입으로 듣는 이 말에 이토록 기운이 빠질 줄 몰랐네.

이즈미 옆을 지나서 나는 집에 들어가려고 했다. 이즈미의 얼룩말 무늬 탱크톱. 얇은 천을 밀어 올리는 가슴에서 시선을 돌리면서.

그때 가느다란 목소리가 말했다.

"한심한 남자야."

지금까지 격렬한 눈동자로 도오루를 노려보던 이즈미가 갑자기 힘이 빠져 보였다.

"도오루나 아빠가 어떻게 해도 그렇게 되지 못할 만큼, 그 사람 한심하고 형편없어. 일도 꾸준히 하지 못하고 옷 입는 취향도 촌스럽고. 나한테 돈 빌려서 태연하게 다른 여자 만나러 가는 사람이야. 하지만 그 한심함을 감추려고 하지 않아. 그게 그 사람한테는 예사로운 일이거든."

정원에 나올 때도 골프셔츠 단추를 잠그는 아저씨의 단정한 모습이 떠올랐다. 아주머니나 이즈미의 몸에 밴

57

우아함, 평소 사용하는 깨질 듯이 얇은 찻잔과 섬세한 열대어 꼬리도. 아사쿠라 씨네에는 언제나 우리 집과는 다른 공기가 흘렀다.

도오루의 상처 입은 얼굴을 보고 나는 이즈미를 약간 경멸했다.

그렇게 한심한 사람을 좋아하다니 어떻게 된 거야. 양아치를 동경해서 눈썹을 밀어버린 우리 반 여자애 같다.

"너하고 얘기할 시간 없어. 대학생은 대학생답게 한가한 연애나 해."

이즈미답지 않게 차갑게 내뱉더니 걸어가버렸다. 그제 밤과 같은 룰. 창백하도록 투명한 발꿈치가 어딘지 쓰라렸다.

도오루는 버림받은 아이처럼 우두커니 서 있다가, 문득 내 쪽을 보았다.

"시끄럽게 해서 미안해."

어디까지나 이웃집 사람에게 형식적으로 하는 사과.

"아냐, 아냐."

이웃 아주머니 같은 미소로 고개를 가로젓고 집 안으로 들어가려고 하는데, "츠바메." 하는 진지한 목소리가 들렸다.

몇 년 만에 들었다. 도오루의 입에서 나온 내 이름. 갑자기 체온이 올라가는 느낌이 들었다.

"잠깐, 괜찮을까."

"아, 응."

그래서 같이 걷기 시작했다. 믿을 수 없었다. 도오루 옆을 걷고 있다. 늦봄의 따끈따끈한 햇살을 받으며 내게 보조를 맞춰주는 도오루. 변변찮은 연애를 하는 모양인 이즈미에게 격렬히 감사했다. 차 안에서 나를 노려보던 냉혹한 눈초리조차.

"미안해, 이상한 모습 보여서." 도오루가 조용한 목소리로 말했다.

민폐라는 생각을 하지 않게 황급히 고개를 저었다. 무슨 말이든 해야 할 것 같아 "좀 놀라긴 했지만."이라고 덧붙였다.

"응. 나도 놀랐어. 누나에게 그런 말을 하는 나한테도."

도오루도 희미하게 웃었다.

"학교 갔다 오는 길이야?"

도오루가 내 교복을 보며 당연한 것을 묻는다. 응, 대답

59

하면서 깨달았다. 도오루는 내가 본 남자에 관해 알고 싶은 것이다.

내 목격담 따위 별 도움도 되지 않는다는 걸 알면서 누나를 걱정한 나머지 묻지 않을 수 없었던 거다.

그날 밤 본 남자에 관해 나는 모호한 기억을 열심히 쥐어짜 기억나는 대로 말해주었다. 그래 봐야 순식간에 일어난 일이다. 대단한 수확은 없다. 차고가 유난히 낮은 메탈릭퍼플 차. 노상주차의 민폐와 무테 사각 선글라스. 키스 얘기는 하지 않았다. 도오루는 아무리 사소한 것도(지나치게 많이 바른 헤어젤과 촌스러운 마스코트 인형) 아이처럼 진지한 얼굴로 들었다.

남의 연애를 방해하는 것만큼 바보 같은 짓도 없지만, 하고 도오루가 씁쓸하게 웃었다.

"그래도 뭔가 나쁜 예감이 들어. 동생인 내가 말하긴 그렇지만 누나는 잘 속는다고 할까, 남자를 보는 눈이 없어서 말이야. 전에도…… 엄청 나쁜 일을 겪어서."

도오루의 얼굴에 그늘이 졌다. '엄청 나쁜 일'이 어떤 일인지 물을 수 없었다. 그보다 나를 어린아이 취급하지 않는 진지한 말투가 기뻤다. 도오루는 늘 그랬다.

"뭐가 좋아?"

작은 공원 입구를 지나갈 때, 도오루가 갑자기 물었다.

응? 고개를 갸웃거리는 내 앞에 자동판매기가 있었다. 긴장해서 미처 보지 못했다.

"주스? 밀크티?"

"아, 그럼 농축 복숭아주스."

내 대답에 도오루는 재미있다는 듯이 눈이 가늘어지다 여전하네, 하고 말했다.

"너 옛날부터 복숭아 좋아했지. 주스도 통조림도 과일 도."

순간 혀 위에 되살아났다. 도오루 집에 놀러 간 오후, 즙을 뚝뚝 흘리면서 먹던 달콤한 백도의 맛. 이즈미가 썰어준다는 걸 통째로 먹는 게 맛있다고 거절하며 웃었지.

행복한 여름 한낮. 그때만큼이나 행복하다.

"지금도 좋아. 너무 단 통조림 말고는. 오빠는? 지금도 밤이 좋아?"

"으음, 좋아하지만 까는 게 귀찮아. 지금은 단밤을 좋아 해."

그거 맛있지, 끄덕이면서 대단하다고 느꼈다. 대단해,

대단해. 이런 건 잘 모르긴 하지만, 헤어졌다가 다시 만난 연인 같다.

옛날에 서로가 좋아하던 것 기억하기. 사사가와랑 킥보드 얘기를 해도 이런 기분은 들지 않겠지. 사사가와가 그 무렵 무엇을 좋아했고 지금 무엇에 빠져 있는지 따위, 미안하지만 하나도 궁금하지 않다. 그 애도 그럴 거다. 그렇게 생각하니 지금은 좋아하지도 않고 관심도 없는데 약간 쓸쓸한 기분이 들었다. 공원에는 백조풀 냄새가 춤을 추고 있었다.

도오루는 우리 집 앞까지 오자 "오늘 고마웠어." 정중하게 말하고 머리를 숙였다.

"또 뭐 생각나는 거 있으면 얘기해주렴."

충실한 스파이가 된 기분으로 끄덕인 뒤, 아, 하고 말을 꺼내려다 말았다. 응, 뭐? 하고 고개를 갸웃거리는 도오루에게 "아냐, 아무것도." 빙그레 웃었다.

16일 늦었지만 생일 축하해, 하는 말은 맑디맑은 하늘로 사라졌다.

아니나 다를까, 별 할머니는 노골적으로 귀찮다는 표

정이었다.

"어째서 나한테 그렇게 귀찮은 일을 시키는 거야."

이즈미 언니의 남자 친구에 관해 알아봐줘요. 별 할머니한테 그렇게 부탁했기 때문이다.

"나를 스파이나 수완 좋은 탐정이라고 생각하는 경향이 있다, 너."

그렇게 멋진 사람일 리가, 하고 생각했지만, 우쭈쭈쭈하는 식으로 끄덕였다.

"정말 의지가 돼요, 별 할머니는. 훼미리마트의 특제 도시락 두 개로 거래 어때요?"

칭찬이 그리 싫지 않은지 별 할머니는 흥, 하고 콧방귀를 뀌더니 갑자기 "지붕을." 하고 말했다.

"지붕을 보는 것부터 시작해야 해."

"지붕?"

왜 갑자기 그런 말이 나오는 거지. 별 할머니 이야기는 언제나 뜬금없다.

"난 지금까지 많은 지붕을 보아와서 지붕을 보면 그 집에 사는 사람을 알지."

"어째서 지붕을 많이 본 거예요? 건축 계통 일? 설마 기술자였어요?"

"멍청이. 너의 멍청함에는 짜증이 다 난다니까. 조금은
통찰력이 있겠지, 하고 굳이 말하지 않았더니만, 사람의
재능을 보는 눈이 전혀 없네. 기술자가 아니라 정말로 날
아다니는 거잖아. 어쨌든 말이야, 내가 본 지붕은……."

별 할머니는 너무나 황당무계한 소리(사람의 재능? 난
다고? 하늘을?)로 운을 띄우며 얘기를 계속했다. 어차피
언제나처럼 호러겠지, 하고 엉뚱한 부분은 흘려들으면서
도 귀를 기울였다. 지붕 이야기가 왠지 재미있었다.

"얄팍한 함석지붕이어도 정성껏 손질한 집은 성실하
게 사는 사람이 살고 있어. 지붕에 부담이 가고 무겁기만
한 장식 기와를 올린 집은 어깨에 돈이며 속박, 무거운 것
을 잔뜩 짊어지고 살지. 천창이 있는 집은 난 별로야, 만
에 하나 휴식하다 들키기라도 하면 골치 아프거든."

별 할머니는 그런 얘기들을 주절주절 늘어놓았다.

"너희 집은 별로야. 뭐냐, 그 번쩍거리는 천박한 파란
색. 기와가 아니라 플라스틱 같잖아. 태풍이라도 오면 다
날아가버려."

"어떻게 우리 집 지붕 색깔을 알아요?"

"그러니까 매일 밤 날아다닌다고 하잖아." 깜짝 놀란 나한테 당연하다는 얼굴로 말한다.

"그 남자 집은 그만하면 괜찮아. 평기와도 질이 좋고 낙수받이도 그렇고 처마도 적당히 휘고. 깨끗하게 잘 손질됐더라고. 수수해도 손질 잘한 지붕 아래에서 자란 아이는 어떤 차림이어도 단정한 법이지. 지붕이 지켜주는 거다, 집이든 사람이든."

누구네 집을 말하는지 바로 알았다. 옅은 먹빛 지붕의 아사쿠라 씨네.

열여섯 살에 바로 오토바이 면허증을 딴 도오루는 폭주족에 들어가는 일도 없었고, 이즈미는 화려해지긴 했지만, 2년제 대학교를 졸업한 뒤 탄탄한 회사에 다니고 있다.

"할머니 말은 알겠는데요. 그럼 아파트나 빌라 사람들은 어떻게 돼요? 지붕이 없잖아요."

"예를 든 거잖아, 하여간 머리가 안 돌아가는 애네. 자기가 어떤 지붕 아래에 있는지 아는 사람은 강해. 자기를 잘 아는 거지. 고급 아파트에서 호화로운 생활을 해도 자기네 집 옥상에 올라가볼 생각을 하지 않는 사람도 있어.

거기서 어떤 거리가 보이고, 어떤 지붕이 이어져 있는지 흥미도 없지. 쓸쓸한 일이야."

이렇게 옥상에서 옷깃을 스치는 것도 전생의 인연이지, 별 할머니는 뜻 모를 말을 하더니 한쪽 눈을 감았다.

"세븐일레븐 특제 도시락 다섯 개로 맡아볼까, 그 남자 친구인가 뭔가 하는 놈 알아내는 일."

이즈미를 다시 본 것은 며칠 뒤다. 학교 가는 내 옆으로 커다란 여행 가방을 든 채 바삐 지나가고 있었다. 나도 모르게 부르고 말았다.

"이즈미 언니."

"어머나." 돌아보는 하얗고 작은 얼굴이 통통 부었다. 눈 아래에 상처처럼 다크서클이 진하다.

"이웃에 살아도 좀처럼 마주치지 못했는데 요즘 자주 보네."

미소를 짓는 이즈미의 뺨에서 옛날과 같은 보조개를 발견한 나는 왠지 안도했다.

"여행?" 가출이란 걸 알면서 물었다.

"그러네, 여행 같은 거야. 앞으로 어떤 일이 있을지 모르지만 말이야. 그러나 여행과 다른 점은 이제 돌아오지 않는다는 것일까."

"돌아오지 않아?"

돌아와. 그렇게 부탁하면 옛날처럼 "할 수 없지." 하고 포기해줄 것 같은 느낌이 들었다. 자기 과자를 내게 나누어줄 때처럼 철없는 내 소원을 들어줄 것 같았다. 하지만 말하지 않았다. 그것은 같은 지붕 아래에 사는 사람이 해야 할 말이란 걸 성장한 나는 알고 있다.

"아마도."

빙그레 웃는 이마에 아침 햇살이 비친다. 나는 문득 부러워졌다.

갑자기 집을 나가버린 엄마가 떠올랐다. 이런 식으로 나갔을까. 이렇게 환하게 웃는 얼굴로. 남겨지는 사람 따위 생각하지 않고.

철이 들었을 때부터 내게는 지금의 가족이 전부였다. 나를 낳아준 엄마를 만나고 싶다는 감상도 여유도 호기심도 없었다. 그런데 내 마음 한구석에는 작은 구멍이 뚫려 있다.

남겨진 자. 이별의 의미도 모를 때 남겨진 나는 친엄마를 생각할 때, 언제나 손이 닿지 않는 곳에 있는 별을 생각하는 것처럼 눈이 부시고 공허한 마음이 된다. 증오도 분노도 없다. 그저 일방적으로 마음에 팬 이별 구멍의 깊이는 메워지는 일이 없었다.

이런 식으로 떠나는 이즈미는 도오루의 마음에도 같은 구멍을 남기겠지.

그럼 이만, 하고 가려는 이즈미를 엉겁결에 불러 세웠다. 이즈미 언니.

"응?" 이즈미가 돌아보았다. 복숭아, 더 먹을래? 하고 말해주던 상냥한 얼굴로.

"저, 저기. 지붕, 있잖아." 다급하게 가는 사람을 불러 세워놓고 말이 제대로 나오지 않았다. 무슨 소리야, 이즈미는 의아한 표정으로 고개를 갸웃거렸다. 나는 용기 내어 말을 계속했다.

"있잖아, 누군가와 같은 집에 산다는 것은, 지붕을 함께 보는 거라고 해. 베란다나 옥상에서 함께 사는 곳의 지붕을 나란히 바라보는 관계가 좋은 거래."

"무슨 소리야, 그게." 같은 말을 되풀이하는 이즈미의 얼굴. 울음을 터트릴 것처럼 일그러졌다. 어째서인지 나도 가슴이 아팠다. 이유도 없이 아팠다.

"바이바이."

이즈미는 인사하더니, 무거워 보이는 짐을 든 채 등을 곧게 펴고 걸어갔다.

별 할머니가 내게 꽈리를 건넨 것은 그러고 나서 2주 뒤였다.

"뭐예요, 이게."

사이키델릭한 롱스커트 주머니에서 꺼낸 그것은 조금 찌그러져 있다.

"보면 몰라. 꽈리지. 네 남친의 누나와……."

"남친 아니에요, 도오루 오빠는."

"알아, 알아. 듣기 좋으라고 말해줘 봤다. 뭐, 됐고. 그 새침데기 여자하고 무기력한 남자의 집 베란다에 있는 화분에서 따 온 거다."

"또 그런 짓을……."

의기양양해하는 별 할머니한테 어이없어하며 말했다.

"그보다 주소 가르쳐줘요. 약속했잖아요. 두 사람이 사는 곳 주소."

그걸 소중한 선물 삼아 도오루에게 말을 거는 것이다.

"그런 것 없어."

별 할머니는 시침 뚝 떼고 허공을 보며 말했다.

"그 녀석들에게는 아직 주소란 게 없어. 누군가한테 제대로 여기가 우리 집이라고 말할 수 있는 장소가 없다고. 뭐, 그렇지만 괜찮을 거야."

"뭐가 괜찮다는 거예요?"

당했다. 얼마 안 되는 용돈으로 산 특제 도시락 다섯 개. 삥 뜯겼다.

하지만 옅은 초록색 꼬투리 사이로 내민 열매를 보고 있으니 왠지 스르륵 화가 풀린다. 차가운 열매. 이즈미의 물을 닮은 선명한 주홍색이다.

"예쁜 꽈리지? 보잘것없는 베란다가 이런 것 하나로 밝게 보여."

별 할머니의 자랑스러워하는 목소리에 고개를 끄덕이면서 신기한 마음으로 꽈리를 가만히 만져보았다.

……이건 정말로 이즈미와 남자가 사는 집 베란다에 있었을지도 모른다. 둘이서 꽈리 화분을 사서 베란다에 두고 물을 준다. 그런 날을 보낸다면 이즈미는 괜찮을지도 모른다. 왠지 그런 생각이 든다.

찢어질 듯이 얇은 껍질에 싸인 꽈리는 탱탱한 탄력이 있다. 안이 보일 듯 투명하고 빼곡한 씨앗의 무게. 손가락 끝에 조용한 생명력이 전해졌다.

4

비, 하늘의 해파리

별 할머니와 처음으로 옥상이 아닌 곳에서 만났다. 느닷
없이 만나자고 했다. 수족관에 해파리를 보러 가지 않겠
느냐고. 나는 당황했다.

"괜찮긴 한데요. 왜 해파리예요?"

"그거야 물론 매력이 있으니까. 해파리의 장점을 모르
다니 너도 아직 멀었구나."

뭐가 아직 멀었는지 모르는 채, 억지로 약속했다. 토요
일 오전 11시, 버스 정류장 앞에서. 약속. 별 할머니와. 한
낮의 하늘 아래에서? 뭔가 이상한 느낌이다.

두근두근도 콩닥콩닥도 아닌 기분 탓에 어제는 제대로

잠을 자지 못했다.

별 할머니의 주문대로 뜨거운 녹차가 든 물통(차는 역시 찻주전자에 우려야지. 별 할머니는 녹차 캔을 마시며 불만스럽게 말했다)을 토트백에 넣고 약속한 버스 정류장으로 향했다.

아침부터 비가 촉촉하게 오는 토요일. 커다란 우산에 숨은 듯이 가려진 별 할머니는 버스 정류장에 우두커니 서 있었다. 검은색 바탕에 선명한 노란색 모자와 빨간 포르셰가 프린트된 우산은 지나치게 화려했다.

"왜 이렇게 늦었어."

시계를 보니 아직 11시 10분 전이었다.

버스를 타고 수족관이 있는 해변 동네까지 가서 거기서부터 조금 걸었다.

익숙한 길인지 빠른 걸음으로 저벅저벅 걸어가던 별 할머니가 갑자기 걸음을 늦추었다.

"저기, 아주 훌륭한 지붕이네."

우산 아래로 팔을 내밀며 별 할머니가 가리켰다. 요즘 세상에 드문 미닫이 대문 안쪽으로 훌륭한 자태의 전통 저택이 보였다. 해변에서 가까운 이 일대는 고급 주택가 같았다. 어느 집이고 주택 전시장 모델하우스처럼 훌륭했다. 넓은 부지에 산뜻한 자태로 늘어서 있다. 촉촉한 흙냄새가 비를 타고 코끝에 닿았다.

"저런 은박 전통 기와는 좀처럼 못 본다. 멋만 부리고 품위라곤 없는 너희 동네는 참……. 배연 기와는 무거워. 지붕에 걸맞게 멋이 있는 집이어야지."

"저쪽은 건식 기와. 저건 좀 구두쇠네. 윤기가 없고, 푸석푸석해. 노인네 피부 같잖아."

그렇게 말하는 별 할머니의 피부는 주름은 있지만, 윤기가 나고 매끄럽다. 노숙자치고는 깔끔한걸. 혹시 장롱에다 돈을 잔뜩 쌓아놓고 사는 걸까. 우산 아래로 슬쩍 옆얼굴을 훔쳐보는 나를 전혀 아랑곳하지 않는다. 채소 가게에서 채소를 품평하는 것처럼 눈에 들어오는 지붕을 일일이 품평하면서 의기양양하게 걸어갔다.

잘 손질한 정원목의 짙은 초록색 잎 끝에서 끊임없이 투명한 물방울이 떨어졌다. 모든 것이 젖어서 부연 풍경을 빠져나온 뒤 나도 따라서 이쪽저쪽 지붕을 올려다보았다.

"저건 슬레이트 기와. 요즘은 세련되게 만든 집에 저런 기와가 많더라."

정말로 서양식의 세련된 집이다. 회색 줄무늬 모양 지붕에 몇천 개의 빗방울이 타닥타닥 흘러간다.

"별 할머니는 이런 현대적인 것보다 고풍스러운 기와 지붕을 좋아하죠." 그렇게 말했더니, "켁, 사람을 노인네 취급하다니." 하고 별 할머니는 콧방귀를 뀌었다.

"편하기로 말하자면 금속 지붕이나 슬레이트지. 기와 는 울룩불룩해서 걸어 다니기 힘들어. 한겨울 추운 오후 에 구리나 철로 된 매끄러운 지붕에 누워 뒹굴어봐. 등이 따끈따끈해서 딱 좋아."

"누워 뒹군다고요? 지붕에?"

별 할머니의 엉뚱한 얘기에 익숙해졌다고는 하지만, 이내 이렇게 걸리고 만다. 별 할머니는 그럴듯하게 끄덕 거렸다.

"계속 날기만 할 순 없잖아. 아무리 내가 젊어 보여도 나이가 나이인데. 한숨 돌리기에 딱 좋은 곳은, 봐, 저 정 도 경사의 지붕이야."

"경사?"

다른 건물보다 기울기가 완만한 그 지붕은 아까 강의

를 들은 컬러베스트(세라믹 지붕재)라고 하는 종류 같다. 시멘트와 특수 광물을 원료로 한 지붕이라고 한다.

"공부 시간에 배우지 않았냐? 학교는 당최 도움이 되지 않는 것만 가르쳐준다니까. 보면 알잖아. 지붕은 기울기가 다 달라. 그걸 1촌, 3촌, 5촌이라는 식으로 경사도를 나타내지."

"촌이라는 말, 요즘은 쓰지 않아요. 왜 센티미터라고 하지 않아요?"

"쓰는 세계도 있어. 네가 모르는 곳에서 계속 지켜지는 것도 있는 거야. 모르는 것은 없는 것이라고 단정 짓는, 그런 편협한 마음을 무지하다고 하는 거다."

얄밉게 잔소리하면서도 별 할머니는 지붕에 관해 이것저것 가르쳐주었다.

지붕과 기와에도 다양한 소재가 있다는 것. 점토와 금속, 천창 대신에 사용하는 투명한 유리 기와…… 언젠가 내 집을 갖게 된다면, 하고 나는 생각했다. 그런 기와 아래에서 별을 올려다보며 자고 싶다. 용마루와 처마와 지붕의 관계. 젖어서 반짝거리는 지붕과 빗방울을 떨어뜨리는 처마가 사랑스럽다는 듯 손가락으로 가리키며 별 할머니는 얘기를 계속했다.

시키는 대로 나도 지붕들을 자세히 보았다. 여기저기에 유성처럼 빗방울이 맺혀 있다. 지금까지는 지붕에 전혀 관심이 없었는데, 이렇게 보니 굉장히 다양하구나. 솔직히 감탄했다. 그런 걸 아는 별 할머니에게도.

"아, 저 지붕. 컬러풀하고 귀여워요."

나도 모르게 몇 집 건너의 집을 가리켰다. 장식 울타리에 발코니가 있는 아담한 집. 하얀색 벽에 비칠 듯이 컬러풀한 기와로 지붕을 만들었다. 선홍색, 에메랄드그린, 검은색, 갈색. 수수한 색조의 기와가 번갈아 가며 늘어선 모습은 기하학무늬 퍼즐 같았다.

"제법 안목이 좋은걸. 저건 도자기 기와야. 유약을 발라 구워서 유지가 잘 되지. 뭐, 내 취향으로 보자면 밋밋한 게 아쉽지만."

나는 쿡쿡 웃었다. 별 할머니의 별난 취향으로 지붕을 만든다면 그야말로 대난리일 것이다. 고도 몇천 미터의 상공을 나는 비행기에서도 눈에 띌 게 분명하다.

이렇게 남의 집을 바라보며 이런저런 평을 하면서 걷다 보니 생각나는 광경이 있었다. 서너 살 때니까 엄마와 갓 재혼한 아빠가 지금의 집을 사고 얼마 되지 않았을 무렵일 것이다.

아빠는 종종 나를 데리고 아침이나 저녁 산책을 하러 나갔다. 이렇게 비 오는 날에도 내게 노란색 작은 우산을 내밀며 현관에서 재촉하듯 손짓했다.

산책이라고 해도 공원이나 상점가에 가는 게 아니었다. 그저 동네 주택가를 정처 없이 어슬렁거렸다. 걷다가 이따금 발을 멈추고 남의 집 앞을 들여다보았다. 그러고는 "츠바메. 우리도 현관에 진달래를 심을까, 저 집처럼." 이라든가 "저 벽 색깔은 품위가 있네. 우리도 나중에 다시 칠할까." 하고 어린 내게 의견을 물었다.

별것 아니었다. 집을 새로 사서 들떴을 것이다. 아빠는 다른 집을 보면서 새로운 집 만들기 구상에 투지를 불태웠다. 자기 혼자 남의 집을 들여다보면 빈집털이범이 사전 답사하는 걸로 오해받을 수 있으니 딸을 데리고 다녔을지도 모른다.

신기한 것은 산책을 따라오는 엄마의 모습은 기억에 없다는 것.

저녁 준비로 바쁜 시간이었을지도 모른다. 아니면, 하

고 나는 생각했다.

아니면 아빠도 조금은 숨을 돌릴 시간이 필요했을까. 엄마와 마주 보며 보내는 밀도 높게 행복한 식탁에서 벗어나서. 지금 나의 옥상 시간처럼.

아내가 가출한 반동인지는 모르지만, 엄청 빠르게 재혼하고 그 기세로 집까지 장만한 아빠는 문득 멈춰 서고 싶었던 게 아닐까.

다 비슷비슷하게 생긴 분양주택을 보며 아빠는 그 시절 무슨 생각을 했을까.

수족관은 지붕이 돔형인 2층 건물로 주택가와 해안의 경계에 있었다. 2층에 해파리 수조가 있나 보다. 계단 난간에 '해파리 수족관'이라는 화살표 입간판이 있다. 그로테스크한 심해어와 형광색 열대어를 신기한 듯이 바라보는 나를 두고 별 할머니는 저벅저벅 2층으로 올라갔다. 나도 황급히 쫓아갔다.

이렇게 몇십 종류나 되는 해파리를 보는 건 처음이었다. 수조에서 반투명한 몸을 흐느적거리는 해파리는 투명한 꽃잎처럼도 구름 조각으로도 보였다.

하얗고 유선형인 것과 팔랑팔랑 지느러미가 달린 것.

다양한 모양의 해파리와 산호가 만들어내는 세계는 생물 시간에 선생님이 보여준 바이오스피어를 닮았다.

닫힌 유리 구체 안쪽에 물과 식물이 있고, 크릴 같은 작은 새우가 물풀 사이를 헤엄친다. 소우주 속에서 영위하는 생물 체계. 온화하게 완결된 세계에서는 떠도는 생명조차 해탈한 듯이 보였다.

수족관의 커다랗고 하얀 유리창에 떨어지는 물방울. 비의 막으로 덮인 건물 안쪽에서 영구기관처럼 끝없이 헤엄치는 해파리를 보고 있으니 신기한 마음이 들었다.

나도 거대한 바이오스피어 속을 떠도는 크릴이 된 것 같다.

문득 옆을 보니 별 할머니도 신묘한 표정으로 넋을 잃고 보고 있다. 수조 유리에 코끝을 바짝 대고 해파리의 움직임을 눈으로 좇고 있다.

풍선 해파리와 눈물 해파리는 물에 떨어져가는 투명한 보석. 나비 해파리는 투명한 날개로 물속을 날아다니는 나비들 같다. 반짝반짝 사라질 것 같은 빛을 발하며 파란 수조 속을 위로 아래로 거침없이 돌아다녔다.

"……예쁘다." 무심결에 중얼거렸더니, "그렇지." 별 할머니는 자기가 칭찬을 들은 것처럼 가슴을 펴고 끄덕였다.

"게다가 맛있어 보이지. 아, 해파리 초무침 먹고 싶네."

"별 할머니는 정서와 식욕이 연결돼 있군요." 하고 어이없어하는 내게,

"예쁜 것은 먹어 치워서 내 살과 뼈로 만들고 싶은 거야. 특히 이렇게 여린 것이라면 더 그렇지."

별 할머니는 논리정연하게 말하고 캭캭 웃었다.

꽃무늬 치마처럼 동그랗게 부풀었다가 조용히 하강하는 물 해파리의 움직임을 보고 있으니 문득 생각났다. 하늘을 내려오는 낙하산을 발명한 사람은 해파리에서 아이디어를 얻은 게 아닐까. 몸을 구부리고 수조를 들여다보았다. 유리 진열장에 나란히 비치는 나와 별 할머니의 얼굴. 그 뒤에서 해파리가 춤을 춘다. 흐물흐물 춤을 춘다. 나는 말했다.

"이 해파리들은 물속을 헤엄치는 게 아니라 하늘을 나는 것 같아요."

"그렇네."

별 할머니는 드물게 내 의견에 반대하지 않고, 너그럽게 고개를 끄덕이며 말했다.

"나 같다고 생각해."

"어디가요?"

그러니까, 이거 말이야, 이거. 별 할머니는 봉오리를 펼치듯이 몸을 부풀리며 호흡하는 해파리를 턱으로 가리켰다. 자세히 보아도 내장은 보이지 않는다. 보면 볼수록 신기한 생물이다.

"하늘의 해파리처럼 유유히 사는 게."

그렇게 말하는 별 할머니의 얼굴이 순간 몹시 스산하게 느껴졌다. 주위에 가득 찬 물의 차가움이 얼굴에 반사된 걸까.

빗발이 세졌는지 수족관 지붕을 두드리는 빗소리가 들렸다. 그때 나와 별 할머니 사이에 세 살 남짓한 남자아이가 끼어들어서 수조를 들여다보았다.

평소의 별 할머니라면 "걸리적거려." 하고 사정없이 아이를 밀어냈을 터다. 어리니까 제멋대로 해도 된다고 착각하는 버릇없는 애새끼한테 나는 세상을 알게 해줄 사명을 짊어지고 있어. 너도 각오해. 별 할머니는 평소 이렇게 주장했다.

그런데 지금은 가만히 몸을 비켜 자리를 양보해서 좀

놀랐다.

남자아이는 조그마한 손바닥을 도마뱀처럼 수조에 대고 해파리를 보고 있다. 진지한, 하지만 이런 생물이 있는 것이 이해가 가지 않는다는 신기한 표정이다.

한참 동안 해파리가 떠도는 곳에 있었다. 옥상도 그렇지만, 별 할머니와 있으면 터무니없이 일상과 동떨어진 곳에 휘말려 든다.

이윽고 출구로 향하면서 아쉽다, 하지만 이걸로 충분하다고 생각했다. 유원지나 동물원 출구를 나올 때면 언제나 그랬던 것처럼.

"아, 좋겠다. 해파리처럼 아무 생각 없이 유유히 살면 얼마나 속 편할까."

"바보."

무심하게 중얼거린 내 말에 앞장서서 가던 할머니가 화난 듯한 소리로 툭 내뱉었다.

"정처 없이 떠돈다고 우아하고 속 편하기만 한 게 아냐."

나는 뭔지 알 것 같은 기분이 들었다. 그런가. 그렇구나. 터덜터덜 계단을 내려가면서 고개를 끄덕였다. 산책도 돌아갈 집이 있어서 즐거운 것이다.

모든 지붕을 울리는 빗소리 탓. 아니면 팔랑팔랑 춤추는 해파리 탓일까. 돌아오는 버스에서 별 할머니는 평소와 달리 담담한 어조로 자기 이야기를 하여 나를 놀라게 했다. 내가 없었더라면 옆자리에 앉은 아저씨한테라도 말을 걸었을 것 같다. 그만큼 자연스러운 흐름으로 손자 얘기를 꺼냈다.

그건 마치 가슴속이, 말이, 물속에 천천히 녹는 듯한 자연스러움이었다.

"아까 봤지? 조그만 남자아이. 마코토도 그렇게 진지한 얼굴로 몇 시간이고 수조 앞에 붙어 있었어."

"마코토?"

"내 손자야. 수족관을 엄청나게 좋아하는 아이였지. 여러 곳에 같이 다녔다. 거대한 수조에 다랑어가 빙빙 무리지어 도는 곳, 강치 쇼밖에 볼 게 없는 곳. 바다 한가운데 난 길을 걸을 수 있는 곳. 역시 사내 녀석이지. 그 아이가 좋아하는 것은 가오리나 얼굴이 뾰족한 청새치 같은 거창하고 박력 있는 물고기들이었어."

"우아, 별 할머니도 한 아이의 할머니였구나."

나는 말했다. 어째 문장이 이상하네, 생각하면서.

"마코토는 말이야, 정말로 순수하고 착한 아이야. 너처럼 삐딱한 데가 없어."

별 할머니에게 손자 자랑을 들을 줄 몰랐던 나는 쓸데없는 부연에도 "우아." 하고 감탄했다. 그다음 이야기를 하게 만들고 싶었다.

"착한 구석이 있는 아이여서 말이야, 이만큼 큰." 하고 가느다란 양팔을 활짝 펼쳐 보였다.

"상어를 본 날에는 있지, 할머니가 바다에서 상어를 만나면 구할 수 있도록 수영을 배울 거라고 했어. 실제로 수영 학원 같은 데를 다니기도 했지. 기특하지 않냐. 그렇게 어릴 때부터 사람을 배려하고 행동으로 옮기다니. 그때까지 병약해서 걸핏하면 열이 났던 아이가 점점 건강해지더라고. 상어님 덕분이야."

유쾌하게 웃고 나서, 갑자기 내 쪽을 향해 물었다.

"너, 상어 새끼 본 적 있냐?"

고개를 가로저었다. 그거 엄청 귀여워. 별 할머니는 미소 지었다. 본 적이 없다. 이렇게 부드러운 별 할머니의 미소. 앞만 보며 얘기하는 조그마한 옆얼굴을 나는 물끄러미 바라보았다.

별 할머니의 어깨 너머 창밖에 가로수가 늘어선 버스 길이 보인다. 어느새 비가 멎었다. 젖은 버드나무가 옅은 노을빛에 반짝인다.

"어느 수족관이었더라. 상어가 갓 새끼를 낳은 모양이야. 아이들에게 만져보게 해주어서 마코토도 설레는 얼굴로 줄을 서서 차례를 기다렸어. 아기 상어는 하얗고 작았지만, 꼬리도 지느러미도 근사한 상어 모양이었단다. 그런데 그게 어떻게 된 건지 말이야. 직원한테 얌전히 안겨 있던 새끼 상어가 마코토 앞의 아이 차례가 됐을 때 갑자기 난폭해지더라고. 몸에 어울리지 않게 커다란 입에 사나운 이빨이 난 게 보였어. 그렇게 어린 상어인데 날카로운 이빨이 빽빽하게 났더라고. 다른 아이들은 무서워서 만지고 싶어 하지 않았지. 근데 마코토는 달랐어. 위험하니까 그만둘래? 하고 물었더니 괜찮아, 하고 작은 손으로 몇 번이고 상어의 등을 어루만지는 거야. 매끈매끈해, 하고 웃으면서. 그걸 보고 난 생각했지. 아, 이 아이는 용감한 사내가 되겠구나. 알겠냐? 그저 보기만 하는 것과 직접 손을 내미는 건 겁나게 차이 나는 거야."

자랑스럽게 말하는 별 할머니에게 나는 모호하게 끄덕

였다. 아기 상어를 만지는 것이 용감함의 표시인지 조금 의문이었지만.

'함께 살아요? 물으려다가 그만두었다. 담담하게 얘기하는 별 할머니의 얼굴이 멀리에 있는 것을 그리워하듯이 조용하고 차분했기 때문에. 별 할머니는 진짜 노숙자일지도 모른다. 그렇지 않다고 해도 누군가와 함께 사는 것 같진 않다. 어쩌면 레이코네 할아버지처럼 집이 있어도 마음 둘 데가 없어서 거리를 떠도는 것일까. 뻔뻔한 별 할머니라면 그럴 일은 없을 것 같지만.

대신에 가볍게 물어보았다.

"마코토도 하늘을 날 수 있어요?"

별 할머니는 시선을 돌려 나를 보면서 잠시 침묵했다. 그리고 멍하니 말했다. 나는 농담으로 한 말이었는데, 진심으로 안타까워하는 모습이었다.

"그러면 얼마나 좋을까. 그 아이와 둘이 손잡고 여기저기 날아다닌다면. 지치면 지붕에서 쉬며 별을 보고. 그럴 수 있다면 얼마나 좋겠냐."

별 할머니와 헤어져서 집에 오는데 도오루의 모습이

보였다. 지금까지라면 미처 못 봤네, 하듯이 빠른 걸음으로 집으로 뛰어 들어갔을 테다.

하지만 나는 도오루가 다가올 때까지 문 앞에서 걸음을 멈추고 기다렸다. 외출하는 길이야? 오늘 있잖아, 나 수족관에 다녀왔어. 하나, 둘, 셋 하고 말을 걸려고 쿵쾅거리는 가슴으로 초읽기를 하고 있었다.

그러나 입을 열자 뜬금없는 말이 튀어나왔다.

"이즈미 언니 돌아왔어?"

나를 보고 웃는 얼굴이었던 도오루의 눈에 슬픈 빛이 흘렀다. 도오루는 고개를 저었다.

"엄마한테 걱정하지 말라고 전화했다던데. 그것뿐이야. 어디서 뭘 하는지. 돌아올 생각이 없는 것 같아. 어, 근데 어떻게⋯⋯."

"아, 여행 가방 들고 가는 언니를 만나서. 집을 나간다고."

우물거리는 나를 온화하게 바라보며 도오루는 농담처럼 말했다.

"뭔가 츠바메는 지금 누나 일에 키 퍼슨(Key Person) 같구나."

"키 퍼슨?"

"중요한 사실을 다 알고 있다는 말."

어떻게 대답해야 좋을지 몰라서 난감하게 웃었다. 중요한 사실이고 뭐고 나는 아무것도 해줄 수 없다. 그저 보고만 있을 뿐. 이렇게 가까이에서 얘기할 만큼 거리는 좁아졌지만, 그 사실은 옛날과 다름없다.

도오루는 언제나 손이 닿을 듯 닿지 않는 곳에 있다.

"이제 어른이고, 걱정해도 소용없지만 말이야. 생긴 건 그래도 멍청하거든, 우리 누나. 회사는 용케 다니네 싶을 정도."

한쪽 뺨이 풀어지며 웃는 도오루는 어른스러워 보였다. 타임머신처럼 과거와 현재의 시간이 내 속에서 바쁘게 교차했다. 이즈미 언니에게 간식 달라고 응석 부리던 도오루. 열대어에게 어른스러운 몸짓으로 먹이를 주던 이즈미의 하얀 손가락.

꼬박꼬박 흐르는 시간 속에서 나만 느릿하게 앞으로 뒤로 헤매는 기분이 들었다.

그거, 하고 나는 화제를 바꾸려고 도오루의 손가를 가리켰다. 끝이 동그랗게 곡선을 그리는 작은 가죽 케이스.

안에는 그리운 악기가 들어 있다는 걸 알고 있었다.

"아, 연습하러 가는 길이야. 끝나고 한잔하는 게 메인이 긴 하지만."

그렇게 말한 뒤 그럼, 하고 발을 내딛다 말고 도오루가 돌아보았다.

"그러고 보니 다음 달에 우리 동아리에서 가게를 빌려 작은 콘서트를 해. 츠바메 또래 친구들 중에는 블루그래 스를 아는 사람이 없겠지만."

"응. 반에는 아는 애 아무도 없었어."

나는 어색하게 웃었다.

도오루가 하는 음악을 알리고 싶어서 친구들에게 마구 물어보았다. 다들 "뭐야, 그게? 뭔가 할아버지 음악 같아." 하고 웃을 뿐 흥미를 보이지 않았다.

"뭐, 내 친구들도 그래. 밴드 한다고 하면 오호 하고 관심을 보이는데 블루그래스라고 하는 순간 뭐야, 그게, 이런 반응이지."

"그래도 나, 좋아해. 도오루 오빠가 연주하는 소리."

목소리에 너무 힘이 담겨서 속으로 민망해했다. 그러나 사실이다.

아사쿠라 씨네 집 앞을 지날 때면 이따금 들려오는 소리. 먼지 나는 길을 굴러가는 풀잎 같은 밴조 현의 울림. 걸음을 멈추고 잠시 귀를 기울이면 평범한 주택가에 가본 적 없는 미국 시골의 공기가 흘러드는 느낌이 들었다. 햇볕 쨍한 곳의 흙냄새 섞인 공기. 술집에서 나는 밝은 웃음소리. 나는 본 적도 없는 것만 동경한다.

"그렇게 말해주니 기쁘네."

도오루는 전혀 빈정거림이 섞이지 않은 목소리로 말했다.

"괜찮다면 콘서트 놀러 올래? 아, 근데 밤이어서 괜찮을까."

"갈게." 바로 대답했다.

도오루는 기뻐하는 얼굴로 "아직 날짜는 좀 남았지만, 어제 마침 표를 인쇄했어." 하고 면바지 뒷주머니에서 지갑을 꺼냈다. 건네준 두 장의 종이 끝에는 가게 이름과 '블루그래스의 어젯밤 800엔 음료 1잔 포함'이라는 글씨가 심플하게 인쇄됐다. '어젯밤'이라고 이름 붙인 센스가 이 음악의 패인일지도 모르겠네. 은근히 블루그래스의 미래를 걱정하면서도 소중하게 받아 들었다.

"아, 돈…… 다음에 줘도 돼?"

별 할머니가 수족관 입장료를 내게 해서 지갑이 텅 비었다.

"아냐, 아냐. 특별 서비스. 츠바메한테는 요즘 신세도 많이 지고 있고."

손을 흔들며 이번에야말로 진짜 돌아서 가는 뒷모습과 손안에 남은 표를 번갈아 보았다. 얼굴이 절로 흐물흐물해졌다. 신세라니, 무슨, 하고 생각하면서.

오늘은 신기한 날이다. 별 할머니와 해파리를 보고, 도오루와는 옛날처럼 대화를 나누고, 심지어 콘서트까지 초대받았다. 비가 우리를 투명한 세계에 가둔 것 같다. 목숨을 담아둔 동그란 물의 구체 같다. 실체 없는 것들은 당연한 듯이 시내를 따라서 내게로 흘러든다.

어쩌면 세상은 내가 생각하는 것보다 훨씬 작을지도 몰라. 그런 생각을 하며 허공을 향해 숨을 들이마셨다.

비가 그친 맑은 하늘이 쩍 갈라지고, 구름이 천천히 황금색으로 물드는 것이 보였다.

5

무거운 물방울

다음 월요일에도 비가 내렸다.

나른한 오후의 수업 시간, 나는 멍하니 지난 토요일에
있었던 일을 생각했다. 연신 교실 유리창을 타고 내리는
빗방울을 눈으로 좇으면서.

다양한 지붕의 모양과 색, 해파리가 흔들리는 모습을
되도록 정확히 떠올리려고 했다. 그러는 동안, 내가 어딘
가 먼 세상의 끝에서 돌아온 기분이 들었다. 버스로 30분
달렸을 뿐인데 색다른 공기가 떠도는 장소. 그러면서 정
겨움으로 가득했다.

지금 있는 교실이나 집보다 수족관이나 비 오는 날의

낯선 동네 주택가, 옥상 쪽이 내가 편하게 숨 쉴 수 있는 장소로 느껴졌다. 그러잖아도 장마 때의 교실은 숨이 막힌다.

게다가 점심시간에 일어난 사소한 사건이 나의 구질한 기분에 더 불을 붙였다.

언제나처럼 레이코, 오쿠놋치와 셋이 책상을 붙이고 점심을 먹고 난 뒤, 어젯밤에 본 텔레비전 이야기로 꽃을 피우고 있을 때였다. 근처 책상 섬에서 수다를 떨던 마유코가 자리에서 일어나더니 "있지, 있지." 하고 말을 걸어왔다.

마유코는 우리 그룹과 비교적 가까운 그룹 아이이다. 이따금 친한 척 말을 걸어온다. 마유코로 인해 그 아이들 세 명 그룹과 뭉쳐서 수다를 떤 적도 있다. 말하자면 그룹 간의 친선대사 같은 역할. 친선이라기엔 별로 중요하지 않은 정보나 교환할 뿐이긴 하지만. 어느 브랜드 립스틱이 좋다거나 어제 어디서 누구랑 누가 손을 잡고 가는 걸 보았다거나. 그런 이야기가 반의 여자아이들과 잘 지내는 데에는 의외로 도움이 됐다.

마유코는 내게 귓속말하듯 다가왔다. 몸짓만으로 소문

이야기란 걸 알았다.

"들었어? 사사가와 이야기."

낯선 영어 단어를 들었을 때처럼 나는 "응?" 하며 그 아이를 보았다.

마유코의 반짝거리는 입술은 레이코와 오쿠놋치와 같은 색. 요즘 아이들 사이에 유행하는 브랜드의 립글로스다. 너도 사, 하고 추천을 받고 있다. 마유코가 과장되게 눈썹을 모으며 말했다.

"학교에 술 갖고 온 게 들켜서 난리 난 것 같아."

"수울?"

오쿠놋치와 레이코까지 나보다 한 옥타브 높은 목소리를 보탰다.

"응. 작은 위스키 병을 학교에 갖고 와서 수업 시간에 몰래 마시다 들켰대. 교무실에 불려가서 걔네 엄마한테도 연락이 갔다나 봐. 혹시 정학당하지 않을까 하던걸. 큰일이야. 생활기록부에 기록 남을 텐데, 이 시기에."

"그러게."

나는 어이없는 얼굴로 동의하는 척했지만, 속으로는 힘이 빠졌다.

술이라니. 방과 후에 담배를 피우는 거라면 몰라도 수업 중에 술. 바보같이. 어째서 굳이 그런 짓으로 존재를 과시하는 걸까. 사사가와, 랩 하더니 반골 정신이 싹튼 게 아닐까.

멍하니 있으니 마유코가 호기심 가득한 얼굴로 들여다보았다.

"괜찮아? 너?"

"내가? 괜찮지, 왜?"

"사귀었잖아, 너네. 사사가와가 그런 짓 하는 것, 혹시 너한테 차인 충격이 길게 가는 거 아닐까 하는 애들도 있고."

"말도 안 돼."

쓴웃음을 지으면서 속으로 중얼거렸다. 그 소문을 흘린 건 너잖아. 그러고 보니 마유코는 전에도 나와 사사가와 이야기를 꺼낸 적이 있었지, 모두의 앞에서. 아, 그렇구나. 나는 깨달았다. 좋아하는구나, 사사가와를.

동시에 아까 복도에서 사사가와하고 같은 반인 남학생 두 명이 스쳐 지나가며 노려보던 게 생각났다. 사사가와하고 늘 붙어 다니는 두 사람이다. 교복 바지를 허리춤까

지 아슬아슬하게 내리고 다니는 탓에 복도에 바지 자락
이 질질 끌렸다. 그러고 보니 사사가와의 모습이 보이지
않았군.

"나하고 무슨 상관이야. 사귀긴 무슨. 언제 적 이야기
를."

장난스럽게 받아치는 내 태도에 마유코는 불만스러워
보였다. 더 극적인 리액션을 해주길 바랐던 것 같다.

"그러니. 넌 그런 점이 쿨하지만, 사사가와는 다르지 않
을까. 상당히 섬세한 것 같던데. 사사가와의 마음속에서
는 끝나지 않은 일 아닐까. 이대로라면 그 애, 나쁜 쪽으
로 빠질 것 같아."

부드러운, 그러나 나무라는 듯한 시선으로 나를 보는
마유코의 말이 점점 격해졌다. 시선이 높은 위치에 있어
서 야단맞는 것 같은 기분이 든다. 어째서 이렇게 잘난 척
하며 남의 일에 상관하는 걸까, 이 아이. 내가 어쩌길 바
라는 거지.

마유코의 말을 가로막듯이 나는 또 한 번 말했다.

"정말로 관계없다니까, 이제. 내가 할 수 있는 일, 아무
것도 없고."

너무 단호한가 싶은 목소리가 나왔다. 아차, 싶었다. 레이코도 오쿠놋치도 말이 없다. 흘끗흘끗 내 얼굴을 보는 것이 느껴졌다. 가엾게도 마음씨 착한 두 사람은 이런 긴박한 분위기에 약하다. 지루하면서도 평온했던 점심시간이 짜증 날 만큼 숨 막히는 분위기로 바뀌었다.

"흐음. 뭐 그건 그렇지. 오지랖 부려서 미안하네."

기가 죽은 마유코가 저자세로 마무리했다. 이해가 가지 않는 듯하다. 그래도 '할 말은 했다'는 듯한 태도로 총총걸음으로 자기 무리에 돌아갔다. 치마를 한껏 짧게 말아 올린 뒷모습을 지켜보면서 두 사람이 동정하듯이 내게 속삭였다.

"좋아하나 봐, 마유코. 이런 것."

"분위기를 보아하니 사사가와가 근신 처분 받는 것도 학교에 다시 나오는 것도 일일이 츠바메한테 보고하러 오겠네."

지친 나는 힘없이 웃으며 두 사람에게 어깨를 으쓱거려 보였다.

점심시간의 교실은 활기차면서 불온하다. 교실은 세계 정세처럼 여기저기에서 여러 가지 일이 터진다. 끝없이 내리는 우울한 비는 내 마음에도 추적추적 흘러든다. 습기 때문에 여름 교복도 실내화도 무겁게 느껴졌다. 창밖에 까마귀가 젖은 날개를 파닥이며 가로질러 가는 것이 보였다. 가능하다면 나도 지금 당장 저 창으로 날아가고 싶다.

이곳이 아닌 어딘가로. 간절히 바라는 내가 어린아이 같다.

힘이 들어가지 않는 손가락으로 노트 끝에 낙서를 하고 있는데 오각형으로 접은 흰 종이가 날아왔다. 펼쳐보니 동글동글한 글씨체로 쓰여 있다.

'점심시간에 그런 일이 있어서 깜빡했네. 오늘 Y에서 스티커 사진. 오쿠놋치의 응원 오케이?'

흘끗 대각선 뒤를 돌아보았다. 레이코가 입술만 웃고 있다.

맞아, 오늘은 오쿠놋치가 짝사랑하는 선배에게 고백하기로 결심한 날이었지.

전교 부회장인 그 선배는 여자아이들이 동경하는 전형적인 스타일이다. 미안하지만, 오쿠놋치의 완패는 거의 확실. 침울해질(것으로 예상되는) 오쿠놋치에게 힘을 불어넣어주기 위해 역 앞 와이시티, 우리가 Y라고 부르는 쇼핑센터에서 놀자고 레이코는 전부터 제안했다. 미소녀 풍 옷 가게 앞의 세일 품목을 둘러보고, 화장품 매장에서 테스트 놀이. 스티커 사진의 좁은 부스에서 밀치락달치락 포즈를 취하고, 마무리는 이탈리안 젤라토 가게. 최근에 좋아하는 것은 호박 아이스크림이다.

문득 별 할머니에게 재료에 충실한 그 가게의 아이스크림을 먹게 해주고 싶다, 좋아할까, 하는 생각이 들었다.

'미안. 오늘 서예 학원.'이라고 쓴 종이를 던져주었더니 또 답장.

'우정보다 붓을 택하는 거냐, 이 배신자.'

움찔해서 돌아보니 레이코가 호의적인 얼굴로 웃고 있었다. 나는 눈썹을 내리고 미안하다는 표정을 지어 보였다……. 이럴 때 나는 아주 비겁자다.

이런 날은 없을 거야, 생각하면서 서예 수업을 마치고 계단을 올라갔다.

오늘 선택한 글씨는 '용기 용勇' 한 글자. 패배를 두려워하지 않고 뛰어든 오쿠놋치를 찬양하는 마음을 담아. 종이 아래쪽이 어중간하게 비었다. 용기勇氣라고 쓰려다가 너무 명쾌한 기분이 들어서 도중에 그만둔 탓이다. 우시야마 선생님은 고개를 갸웃거리며,

"이건 용맹함이 어딘가로 흘러가버린 듯한 글씨네."

하고 어려운 말을 중얼거렸다.

"비가 와서요."

대답했더니, 그런가요, 하고 끄덕거렸다. 우시야마 선생님은 조금도 잘난 척을 하지 않는다.

우산을 쓰고 밖으로 나왔다. 콘크리트 옥상은 흠뻑 젖어서 진한 회색 카펫을 깐 것 같다. 생각했던 대로 별 할머니의 모습은 없다.

알고 있었으면서, 네모난 쥐색 상자에 덩그러니 남겨진 기분이 들었다. 뚜껑이 없는 거대한 상자 속, 우산 아래에서 올려다본 어두운 하늘이 날 향해 덤벼든다. 점점 마음이 위축됐다. 애초에 옥상에 올라오지 않았더라면 좋았을걸. 처음으로 그렇게 생각했다.

그때 기계실 벽 쪽에 놓여 있는 뭔가가 눈에 들어왔다. 비닐봉지에 도자기 같은 것이 들어 있다. 물방울이 굴러 떨어지는 비닐을 펼쳐보았다. 안에 든 것은 기와였다.

기억한다. 도자기 기와 조각이다. 내가 마음에 들어 했더니 별 할머니가 가르쳐주었다. 의아한 마음으로 반짝반짝 빛나는 에메랄드색 도자기 덩어리를 손에 들었다. 제법 묵직한 그것은 떼어놓고 보니 희한하게 생겼다. 그러고 보니 기와를 가까이에서 본 적이 없다. 봉지에서 종이 한 장이 팔랑 떨어졌다.

작은 종잇조각에 '츠바메에게'라고 가타카나로 쓴 글씨. 뒤집어 보아도 그것밖에 쓰여 있지 않았다. 물론 이런 이상한 짓을 할 사람은 별 할머니밖에 없다.

기와에 담긴 메시지를 알 리 없다. 그래도 그 기와를 가방에 조심스럽게 넣었다. 도자기의 무게 때문에 '용勇'이라고 쓴 종이가 구겨졌다.

우산 위로 끊임없이 떨어지는 빗소리를 세면서 무거워진 가방을 안듯이 들고 걸었다. 지붕을 한 조각 나르는 것 같은 묘한 기분에 빠져서.

이렇게 비가 오는 날 밤. 별 할머니는 어떤 지붕 아래에 있을까.

언제나처럼 혼자 늦은 저녁 식사 자리에 앉자, 엄마가 기다렸다는 듯이 접시를 날랐다. 오늘 저녁 반찬은 참마

매실 무침, 무와 유부 조림. 거기에 감자와 다진 고기를 넣은 스패니쉬 오믈렛. 참마의 끈적거림이 싫은 나는 위에 뿌린 김 가루만 젓가락으로 걷어서 입에 넣었다. 엄마는 내가 싫어하는 음식을 남겨도 나무라지 않는다. 나를 잠시 보더니 생각났다는 듯이 소파에 있는 아빠에게 말을 걸었다.

"아 참, 알고 있었어요? 아사쿠라 씨네 딸 이즈미, 남자 친구랑 야반도주했대."

"어이, 어이, 츠바메 앞에서 그런 말을……."

아빠는 내가 한없이 순진한 딸로 있길 바라는 것 같다. 드라마에 사랑 장면이 나오면 남들보다 배로 긴장해서 침을 삼키는 것은 아빠. 요컨대 로맨티시스트다.

"어머나, 야반도주란 말 요즘 초등학생도 다 쓰지?"

엄마가 태연하게 아빠의 이상을 박살 내는 말을 한다.

"상식이지."

아빠의 교육을 위해 끄덕거린 뒤, 나는 오믈렛을 입에 넣었다. 오늘 저녁의 엄마는 평소보다 말이 많다. 엄마는 사건이 생기는 걸 좋아한다. 자기와 관련이 없다면.

"근데 말이야. 남자가 문제가 많은 모양이야. 직업도 없이 빈둥거리나 봐. 아주머니가 한숨을 깊이 쉬더라고. 항상 우아하신 분인데 너무 늙어 보여서 불쌍할 정도였어."

"그런가." 하는 아빠의 목소리는 그렇게 생각해서인지 실망스러워 보인다. 아사쿠라 씨네 여성들의 우아하고 품위 있는 언행에 동경과 약간의 긴장을 느낀 것은 아빠도 나도 마찬가지였다.

"게다가 아저씨는 요즘 신장이 나빠져서 병원에 투석하러 다니신대. 도오루가 좋은 대학에 들어가서 잘됐다고 했더니 이 모양이 됐네. 집집이 다들 여러 가지 사정이 있더라고. 그래서 나도 되도록 아주머니 말 상대가 돼주려고 해. 남한테 얘기하면 조금은 마음이 풀리지 않을까."

봉사 정신을 발휘하는 엄마의 목소리는 동정에 차 있으면서 약간 고양돼 있다.

"그렇군." 하고 아빠가 고개를 끄덕이는 것과 "멋있어." 하고 내가 말한 것은 같은 타이밍이었다.

"응?" 두 사람이 동시에 나를 보았다.

비는 점점 본격적으로 내려서 타닥타닥타닥 덧문을 때리는 소리가 났다. 점심때부터 쌓인 무겁고 축축한 것이 목으로 넘쳐 올라왔다. 내 목소리가 유난히 선명하게 거실 형광등 아래 드러나는 기분이 들었다.

"이즈미 언니, 멋있다고."

"왜 그렇게 생각해?"

아빠가 어디까지나 차분한 목소리로 물었다.

"그렇잖아. 우리 집보다 훨씬 크고 멋진 집에 살고, 따듯한 가족이 있고. 그런데 그런 것 다 버리고 별 볼 일 없는 남자한테로 가버렸잖아."

별 볼 일 없다. 이즈미가 한 말을 빌려 써보았다. 말하는 도중에 친엄마가 머리에 스쳤다. 얼굴이 없는 그 실루엣은 이즈미처럼 커다란 빨간색 가방을 들고 등을 곧게 편 채 걸어갔다.

뜬금없이 나도 집을 나가면 새빨간 가방을 들어야지 하는 생각을 했다. 만약 그럴 때가 온다면 말이지만.

"그런 걸 멋있다고는 하지 않지."

엄마가 온화한 표정으로, 그러나 단호함이 담긴 목소리로 말했다.

"이즈미가 어떤 사람과 사랑에 빠지든 그건 이즈미의 자유야. 하지만 가벼운 충동으로 주위 사람을 슬프게 하는 건 절대 멋진 일이 아니지."

가벼운 충동이라고. 엄마는 그런 설교풍의 말, 좀처럼 하지 않는데.

하지만 왠지 엄마의 말은 내가 아니라 아빠를 향해 뱉는 것 같았다. 우리 가족은 그런 가벼운 충동 같은 것 받아들일 수 없어……. 그렇게 확인하는 어조.

"근데 말이야."

나도 신중히, 그러나 가볍게 들리도록 목소리를 냈다.

"그럴 때도 있잖아. 주위 사람들을 슬프게 한다는 걸 알면서도 그렇게 하고 싶어지는 것. 어떤 일이 일어나기를 기다리기만 하면 앞으로 나아가지 못하니까 무리해서라도 행동하는 것. 나는 그런 걸 멋있다고 생각한 거야."

식탁에 무거운 공기가 가득 고였다. 엄마의 표정이 험악해지는 게 느껴졌다. 아빠의 표정은 보이지 않는다. 나는 재빨리 참마를 입에 던져 넣고 씹었다. 바삭바삭하고 끈적끈적함이 섞인 식감이 입안 가득 퍼졌다. 전에 먹을 때보다 불쾌한 느낌이 아닌 것이 의외였다. 마지막으로 참마를 먹은 게 언제였더라.

싫다고 생각했는데 언젠가부터 좋아하게 된 것. 그 반대인 것.

언제 어떤 타이밍으로 깨달으면 좋을까. 필요한 것은 아무도 가르쳐주지 않는다.

갑자기 히스테릭하고 과장된 개그맨의 목소리가 울렸다. 아빠가 텔레비전을 켠 것이다. 내가 겁쟁이인 것은 아빠의 피를 물려받아서가 분명하다. 묵직한 공기를 견디지 못한다.

"남의 집 문제에 그렇게 깊이 생각할 게 뭐 있어. 게다가 집을 나가도 가족은 가족이고."

이 사람, 텔레비전에서는 이래도 사생활은 스캔들로 난리더라. 엄마가 화제 스위치를 바꾼 듯 호기심 가득한 목소리로 말했다. 배우와의 불륜을 들켜서 리포터로 쫓겨난 탤런트다. 바보 같은 가발을 쓰고 시끄럽게 떠들고 있다.

접시를 싱크대에 갖다 놓고 일찌감치 2층으로 올라갔다. 그곳에 그냥 있으면 말하지 않아도 될 것까지 말해버릴 것 같았다. 하고 나면 내가 힘들어질 말을 엄마도 아빠도 아니고 나를 찌르기 위해. 가시로 찔러서 가슴속에 뭉친 독을 뿜어내기 위해.

책상에 앉아 가방에서 교과서를 꺼내다 기와 조각을

넣어 온 게 생각났다. 어째서 이런 걸 갖고 왔지. 고개를 갸웃거리면서 꺼냈다.

책상에 턱 놓인 무거운 덩어리는 엄청난 위화감이 있다.

두 손으로 감싸듯이 들고 만져보니 매끄럽고 서늘한 감촉이 전해졌다.

별 할머니는 알고 있었던 걸까. 내가 오늘 별 할머니와 얘기하고 싶어 한 것. 너무너무 만나고 싶어 한 것을. 하지만 비가 와서 오지 못하니까 자기 대신 이런 것을 두고 간 걸까.

신기하게도 바로 그려졌다. 기와를 겨드랑이에 끼고, 메리 포핀스처럼 우산을 펼치고 비 오는 옥상에 내려서는 별 할머니의 모습. 날아다니다니 말도 안 된다고 생각했으면서.

아니, 지금의 나는 믿고 싶어, 그때 비로소 깨달았다.

있을 수 없는 무언가를 믿고 의지하고 싶다. 기대고 매달려서 눈앞의 짜증 나는 일들을 멀리 하늘에서 함께 내려다보고 싶다.

별 할머니라면, 하고 나는 생각했다. 별 할머니라면 무엇에 저항하는지도 모르는 나의 하찮은 조바심 따위 피식하고 코웃음 치겠지. 밝고 안전한 지붕 아래에 있으면서 그 지붕을 무겁게 느끼는 배부른 나를 호되게 야단치겠지.

아까 엄마에게 예민하게 군 것은 구멍 숭숭 난 내 속마음을 간파당한 것 같아서였다.

이즈미 언니가 변변찮은 남자한테로 도망가고, 아저씨는 투석하러 다니고, 장롱 면허인 아주머니는 남편을 병원에 데리고 다니기 위해 익숙하지 않은 운전을 열심히 하고 있다. 평화로운 우리 가족보다 뭔가 훨씬 진짜 가족 같은 기분이 들었다. 아주 조금 부러웠다. 도오루의 마음을 생각하면 잘못된 게 분명한데.

남의 불행에 자원봉사 투지를 불태우는 엄마와 똑같다. 추락하는 아이를 어떻게 좀 해주라고 촉촉한 눈으로 다그치는 반 친구와 똑같다. 빈틈 많은 사람이 할 수 있는 건 아무것도 없는데.

곰팡이처럼 축축하게 가슴에 번지는 생각. 별 할머니가 풉 하고 콧방귀를 뀌어주면 좋을 텐데.

내 바람이 너무 바보 같다는 것을 깨달은 나는 기와를 책장의 눈에 띄지 않는 곳에 두었다. 침대에 누워 되도록 책장 쪽을 보지 않도록 했다.

그날 밤, 꿈을 꾸었다.

비는 세상을 흠뻑 적시기로 작정한 듯이 꿈속에서도 계속 내렸다.

나는 해파리를 잡고 그 속을 떠돌았다. 떠돌면서 비 사이로 보이는 창으로 남의 창을 들여다본다. 물의 실로 짠 스크린 너머로 들여다보이는 다른 창의 불빛.

창문 안에는 엄마와 아빠가 웃으면서 마주 앉아 저녁을 먹고 있다. 슬퍼 보이는 아주머니를 아주 밝은 밴조 음색으로 위로하는 도오루. 이즈미는 야비해 보이는 도마뱀 눈의 남자와 사이좋게 꽈리 화분에 물을 주고 있다.

나는 그런 풍경을 무심히 바라보면서 어느 창가에도 들르지 않았다.

팔랑팔랑 해파리처럼 나풀거리며 떠돌 뿐이었다.

그러다 바다 같은 하늘에 똑같이 떠 있는 별 할머니와 마주쳤다. 나는 지금까지 본 창 안쪽 얘기를 하고 싶었다. 그러나 다가갈 수 없었다. 별 할머니는 히죽 웃으며 손을 흔들더니 흐르듯이 어딘가로 날아갔다.

잠깐만요, 어디 가요. 나는 중얼거리면서 작아진 뒷모

습을 눈으로 좇았다. 비는 진한 물 스크린이 되어 하늘을
덮었다.

별 할머니도 창도 이윽고 보이지 않았다.

6 기와의 정기와 실 전화기

"저기요, 별 할머니. 그거요, 마법의 기와 같은 거예요?"

장마의 여운으로 조금 습기 찬 옥상 콘크리트. 나는 별 할머니에게 물어보았다. 바닥에 내려놓은 가방에 엉덩이를 올리고 나무 숟가락으로 아이스크림을 떠먹으면서. 아이스크림은 쇼핑몰에 있는 이탈리안 젤라토 가게의 것이 아니다. 서예 학원이 끝난 뒤 잠깐 밖으로 나가서 편의점에서 사 온 바닐라 컵 아이스크림이다. 어째서일까, 이 계절에 먹는 아이스크림은 그립고 아스라한 맛이 혀에 스며드는 것 같다.

별 할머니는 뚜껑 안쪽에 묻은 아이스크림을 앞니로

긁어 먹으면서 눈을 치뜨고 나를 보았다.

"엉? 무슨 소리야, 마법의 기와라니."

별 할머니의 입에서 나오니 몇 개의 단어는 정말로 마법의 주문 같다.

"음. 별 할머니는 별의별 걸 다 할 수 있는 것 같던데요? 잘은 모르겠지만, 가장 필요할 때 도와주었잖아요. 도오루 오빠 때도 이즈미 언니 때도. 그 기와도 뭔가 주문 같은 의미가 있지 않나 해서요. 이를테면 기와 속에 혼 같은 게 담겨서 말을 걸어온다거나. 그런 걸 뭐라더라, 으음, 언령言靈이라고 하던가."

어디서 주워들은 말을 용도도 모르면서 써보았다. 책장 구석에 있는 기와를 바라보면서 무거운 기분으로 잠들었던 밤. 쫓기듯이 꾼 기묘한 꿈을 떠올렸다.

별 할머니는 그게 뭔 소리야, 하고 깔깔 웃더니 어이없다는 듯이 나를 보았다.

"너 말이야, 대체 몇 살이냐?"

"열네 살인데요."

"뭐어?" 손바닥으로 이마를 탁 치더니 들으란 듯이 한숨을 쉬었다.

"그 나이에 언령이니 주문이니, 넌 어찌 그렇게 머릿속이 아줌마 같으냐. 언령이란 말에 깃든 거지. 기와는 기와, 그 이상 아무것도 아냐. 말은 말, 물건은 물건이라고. 그런 것에 속는 녀석일수록 현실에 어두운 거야. 하여간 단순하기 짝이 없다니까."

할머니가 고개를 절레절레 저으며 웃었다.

"물건에 속는다고요?"

속는 것은 별 할머니의 특기 아닌가 생각하면서 소심하게 물었다.

"멋대로 많은 의미를 부여하고 기대하지 말라는 거야."

별 할머니는 내치듯이 말했다.

"그 기와도 당연히 그냥 기와 조각일 뿐이지. 네가 예쁘다고 해서 어진 마음으로 눈에 띄는 지붕에서 슬쩍 갖다 준 거야. 방 안에 기와를 장식하는 것도 꽤 세련된 인테리어이긴 하다만."

"방에 기와를 갖다 놓고 기뻐하는 사람이 있을까요."

나는 의심스러운 목소리로 말했다.

"허어, 그런 의외성을 받아들이는 감각이 지금 너한테 부족하다는 거야. 설마 그걸 문지르면 기와의 신神이 주인님, 하고 나타날 거라 생각한 건 아니지?"

"……좀 기대했어요."

별 할머니가 캬캬캬 하고 유쾌하게 웃었다. 좋아, 좋아. 너도 내 스타일을 따라오게 됐구나.

나는 얘기를 농담으로 끝내고 싶지 않아서 물고 늘어졌다.

"그렇지만 말이에요. 본 적은 없지만 별 할머니는 하늘을 날 수 있잖아요."

"뭐, 그야 그렇지. 너한테는 아까워서 보여줄 수 없지만."

"……그러니까요, 보통 사람은 그런 재주 부리지 못하잖아요. 그래서 분명히 다른 것도 할 수 있을 거라고 기대하게 되는 거예요."

말하면서 나도 엉터리 이론이구나, 생각했다.

"보통 사람은 날지 못한다고 누가 그래."

"네?"

되묻자마자 별 할머니는 벌떡 일어섰다.

"봐라." 하며 깔고 앉았던 킥보드를 발로 차서 내 쪽으로 밀었다.

"너도 네가 날 수 있다고 줄곧 믿고 있었잖아."

"어떻게 아세요? 그런 걸?" 나는 깜짝 놀라서 물었다.

별 할머니가 기고만장할까 봐 나도 어릴 때부터 하늘을 날 수 있을 거라고 믿고 있다는 말은 하지 않았다. 별 할머니라면 그럼 같이 날아볼까, 하고 말할 게 뻔하다. 목숨 아까운 줄 모르는 이상한 노인과 옥상에 매달려서 소방서의 사다리차 신세를 지는 건 절대 사양이다.

그렇다. 머릿속으로는 별 할머니가 나는 것을 인정하려고 해도 현실의 나는 부정하고 있었다.

"감이야. 그래서 너는 나를 발견한 거지. 다 그런 거다."

의미를 알 수 없는 말에 나는 미간을 모았다. 무슨 소리예요? 되묻는 나를 무시하고 타봐, 하고 지시했다. 어째서 이 사람은 늘 잘난 척일까. 속으로 투덜거리면서 킥보드에 발을 올려보았다. 그러고 보니 처음 만난 날 밤, 억지로 탄 이후로 처음이다. 난간에 충돌하지 않도록 속도를 낮추면서 타기 시작했다.

여름이 머잖은 밤은 파랗고 맑고 따스하다. 뺨에 부딪히는 바람이 기분 좋았다.

그리 넓지 않은 옥상이지만, 이 끝에서 저 끝까지 쭉 내

달리니 제법 질주하는 기분이다.

짙은 감색 하늘에 구멍이 뚫린 듯 별이 총총했다. 옥상 반대편에 도착해서 난간에 손을 짚었다. 손바닥에 까슬까슬한 콘크리트 감촉이 전해졌다.

"기분 좋네요, 이것."

한 번 더 별 할머니가 있는 곳까지 미끄러져 간 나는 숨을 깊이 들이마시며 말했다. 옥상 한복판에 작은 나무처럼 우뚝 서서 나를 보고 있던 별 할머니도 웃었다.

"그렇지? 하늘을 나는 것 같을 거다. 남한테 속는 건 한심하고 화가 나지만 자신을 속이는 건 얼마든지 할 수 있어."

"그건 말이에요, 믿는다는 걸까요."

무심결에 중얼거리자, 별 할머니는 한쪽 눈썹을 올리며 내뱉듯이 말했다.

"푸헐. 난 그렇게 오그라드는 말, 남세스러워서 못 쓰겠더라."

정말로 삐딱한 노인네다. 어이없었지만, 한 번도 물어본 적 없는 것을 물어보았다.

"근데 별 할머니는 왜 이런 걸 타고 다녀요? 날 수 있는

117

데도 탈것이 필요해요?"

좀 짓궂은가, 생각하면서. 하지만 의외로 솔직한 말이
되돌아왔다.

"마코토가 이걸 타는 게 멋있어 보였거든. 어떤 건가 싶
어서."

"그럼 언젠가 마코토랑 같이 타려고 연습하는 거군요."

"뭐, 그런 거지." 의미심장한 목소리로 말하더니, 계속
덧붙였다.

"게다가 슬슬 내 몸도 삐거덕거리기 시작해서 말이야,
날 때 좀 의지할 것도 필요해졌고."

"이 옥상이 활주로 같은 거예요?" 농담으로 물었는데,
"잘 아네?" 하고 감탄한 얼굴로 끄덕거려서 나는 어깨를
으쓱했다.

별 할머니와의 밤은 언제나 이런 식. 의미 있는 일도 의
미 없는 일도 밤의 정적 속에 둥둥 떠 있다. 그리고 나는
그런 한때를 꽤 좋아하게 됐다.

그것은 층계참 작은 창으로 밤의 풍경을 볼 때와 비슷
한 느낌이다.

어느 집에선가 잊어버리고 걷지 않은 빨래도, 레몬처

럼 빛나는 달도, 요란스러운 가게의 간판도 모두 하나가 된 밤. 나도 파노라마 필름의 인화지에 인화된 듯한 느낌이라고 생각했다.

평온한 어둠을 타고 가서 가깝고도 먼 도오루네 집 창가에 설 수 있다면.

먼 옛날에 간 적 있는 그 방에서 도오루는 지금쯤 무얼 하고 있을까.

"너 실제로 하늘을 날면 그 남자아이 방을 들여다보고 싶다고 생각하지?"

정확히 맞혀서 나는 얼굴이 빨개졌다.

"누구나 한번은 생각하는 거지. 뭐 실제로 그랬다간 스토커로 고소당하겠지만."

가볍게 정리당한 나는 별 할머니를 한껏 노려보았다.

밤하늘에 누운 선명하고 하얗고 두툼한 구름. 여름 그림자가 여기저기에 흩어져 있다. 우리는 번갈아 가며 킥보드를 빼앗아 타고 밤기운에 들떠서 옥상을 달렸다. 교복 아래로 땀에 젖은 피부를 스치는 바람이 다정하다.

"사실은 말이에요." 편안해진 마음에 나도 모르게 고백했다.

"도오루네 집 창가에 가는 것보다 더 해보고 싶은 게 있어요."

뭐야, 말해봐. 난간에 등을 붙이고 쉬던 별 할머니의 무뚝뚝한 목소리.

"……실 전화기."

"엥?"

"그러니까요, 실 전화기요." 부끄러워서 퉁명하게 얘기했다. 도로에서 희미하게 올라오는 역 앞의 활기에 섞일 듯이 낮은 목소리로.

초등학교 과학 시간에 실 전화기를 만든 것이 몇 학년 때였더라.

종이컵으로 만든 보잘것없는 실 전화기로 친구들과 장난스럽게 떠들던 방과 후. 집에 오는 길에는 이미 시시해져서 버렸지만, 그래도 문득 생각났다.

"……그 실 전화기로 도오루와 얘기할 수 있다면 얼마나 멋질까 하고요."

아사쿠라 씨네 집과 우리 집은 세 집밖에 떨어지지 않았고, 두 집 사이에는 이 일대에서는 드문 단층 저택과 지붕이 편편하고 나지막한 이층집이 끼어 있다. 그래서 집

전부는 아니지만, 우리 집 층계참에서 아사쿠라 씨네 집 2층 일부가 작은 창으로 보였다.

지붕에 반사된 도오루 방의 불빛을 보며 생각했다.

잠들기 전에 잘 자라는 말을 할 수 있다면 얼마나 좋을까. 지금쯤 밴조 연습을 하고 있을까. 아니, 침대에 뒹굴며 좋아하는 추리소설 책장을 넘기고 있을지도 모른다.

창과 창을 잇는 길고 긴 실을 타고 오늘 하루 있었던 일을 얘기할 수 있다면 얼마나 좋을까. 행복하게 잠들 수 있을 텐데. 물론 현실적으로 불가능한 것은 어린 나도 잘 알았다. 요컨대 그것은 달콤한 기분으로 늘 꾸는 꿈의 연속이었다.

"음흐흐."

가까이에서 기분 나쁜 소리가 나서 감상에 젖어 있던 나는 퍼뜩 정신을 차렸다.

별 할머니의 어깨가 조그맣게 떨리고 있다. 웃음을 참고 있는 것 같았다.

"푸하하. 너란 애는 대체 어디까지 멍청한 거냐."

별 할머니는 터져 나오는 웃음에 몸을 비틀었다.

"다케히사 유메지(메이지 시대의 화가이자 시인—옮긴이)

가 그린 소녀도 그렇게 멍청하진 않았어. 요즘 애들은 휴대전화나 메일 같은 편리한 것도 있을 텐데 말이지. 넌 생일 카드네, 실 전화기네 전부 옛날 것만 찾고. 어째 나처럼 세련되지 못하지."

그렇게 말하고는 치맛자락을 잡고 빙그르르 돌아 보였다. 보라색 그러데이션의 긴 치마. 긴 니트 조끼 아래에는 성조기가 인쇄된 싸구려 티셔츠. 유행에 한참 뒤처진 촌스러운 노인한테 무시당해서, 나는 진심으로 화가 났다.

"나, 갈래요. 너무 늦었어요."

가방을 들고 옥상 문을 여는 내 뒤로 경박한 웃음소리가 계속 들렸다.

빌어먹을 할망구. 속으로 욕을 했다. 저런 할머니한테 얘기하는 게 아니었다. 벌써 몇십 번째인지 모를 후회를 하고 있을 때, "너는 말이야." 하고 웃음 섞인 목소리가 들렸다.

부루퉁한 목소리로 "뭐요." 하고 돌아보자,

"요즘 세상에 드물게 지각 있는 애새끼로 보이긴 하는데, 그런 걸 중요하게 생각하네."

"그런 거라니요?" 퉁명한 목소리로 되물었다.

"그러니까 사람은 언젠가 없어진다는 것, 다음 세상을 중요하게 생각하는 것."

"……별로."

성장하지 않았다는 말 같아서 왠지 분했다. 단호하게 내뱉고 옥상 문을 열었다. 기세 좋게 뛰어 내려가는 빌딩 계단은 어두컴컴했다. 수명이 다해가서 불규칙하게 깜박거리는 형광등. 그러고 보니 언제나 먼저 돌아가는 것은 내 쪽이었다. 어딘가로 돌아가는 별 할머니를 배웅한 적이 없다. 별 할머니도 나를 다정하게 배웅한 적은 없지만.

휴대전화와 메일이라. 계절의 활기가 여기저기 떠도는 밤길을 걸으면서 그 시절의 기분을 떠올렸다.

……전화로는 안 돼. 그때의 나는 하찮은 뇌로 그렇게 생각했다. 기계가 아니라 실을 떨리게 하여 밤하늘을 뚫고 전하는 좋아하는 사람의 목소리. 밤의 호흡 같은 울림을 귀에 흘려 넣고 싶었다.

하지만 그날 밤 일을 생각할수록 내가 얼마나 철부지인가 깨닫게 된다.

실 전화기의 가는 실 끝 하나로 상대의 마음을 느낄 수 있다고 생각하다니. 아무것도 모르는 어린아이여서 그런 철없는 것을 믿었다.

여느 때보다 더운 여름의 시작.

도오루가 크게 다쳐서 입원했다.

장마가 끝날 무렵, 이즈미 언니가 돌아왔다. 이즈미 언니가 돌아오는 것을 목격하지 못했다. 번개의 예감을 품은 어두운 구름이 가득한 초저녁. 아사쿠라 씨네 집 정원에 우두커니 서 있는 이즈미 언니만 보았다.

이즈미 언니는 흐드러진 연분홍 수국 앞에 서 있었다.

언제 왔어? 담장 밖에서 말을 걸려는 나를 무언가가 말렸다.

언니의 눈동자에는 주름진 꽃잎도, 나팔꽃 줄기를 타고 올라가는 봉오리도 비치지 않았다.

무언가를 바라보는 데 지칠 대로 지친 얼굴이었다. 텅 빈 표정의 이즈미는 모든 것을 부정했다. 아니, 부정조차 하지 않았다. 그저 모든 것으로부터 '멀리' 있었다.

그때 헉하고 놀랐다. 이즈미 언니가 바라보고 있다고 생각한 흐드러진 수국. 큼직한 잎이 무성한 가지에 숨은 듯이 있는 화분이 눈에 들어온 것이다.

꽈리 화분. 줄곧 정원에 있었던 걸까. 아니, 이즈미 언니가 빨간 여행 가방과 함께 갖고 돌아온 걸지도 모른다.

슬픈 사실은 그 윤기 나는 밝은 열매의 빛조차 이즈미의 몸을 그대로 빠져나갔다는 것이다.

나는 그대로 지나쳐서 평소보다 무겁게 느껴지는 우리 집 문을 열었다.

이즈미 언니는 행복한 기분으로 돌아온 게 아니다. 그 사실은 "역시." 하고 목소리 낮추어 얘기하는 부모님의 말꼬리에서도, 초췌할 대로 초췌해진 얼굴로 빨래를 걷는 아사쿠라 아주머니에게서도 보였다. 아사쿠라 씨네 가족은 더 이상 추궁해서는 안 될 딸을 종기처럼 조심스럽게 대하며 사는 것 같았다. 하루를 맞는 것이 힘겨워 보이는 얼굴로.

이즈미 언니는 마음의 병을 얻어서 돌아왔다.

하지만 어미 새 옆에서 상처 입은 날개를 쉬기에는 이즈미 언니는 너무 어른이 됐을지도 모른다. 며칠 뒤에 우연히 마주친 내게 이즈미 언니는 구멍이 뚫린 듯한 어두운 눈으로 인사했다. 나이가 한참 어린 내게도 이웃의 치매 할아버지에게도 기계적으로 하는 그런 인사.

이즈미 언니의 지위도 지워지지 않을 것 같은 씩씩함이 사라지고 지금은 어딘가 가련했다. 회사도 그만두었는지 그 후로 자주 보였다. 길을 가는 이즈미 언니는 옛날처럼 청초하고 귀티 나는 차림도 하지 않고, 최근에 본 '섹시하면서 귀여운' 옷도 입지 않았다. 옆에 있는 아무거나 걸쳤습니다, 하듯이 뒤죽박죽 엉망이었다.

멍한 표정으로 상점가를 방황하는 이즈미 언니를 볼 때마다 가슴이 욱신거렸다.

이즈미 언니를 망가뜨린 것은 그 남자가 틀림없다.

그런 사람, 죽어버리면 좋을 텐데.

처음으로 나를 덮친, 누군가를 강렬하게 증오하는 마음. 너무 격렬해서 당황했다. 마음에 뿌려진 독은 어디로 가는 걸까. 내 안에 생겨난 어두운 미로를 더듬으며 걷는 나는 이번만큼은 별 할머니에게 매달려 울 수도 없었다.

이즈미 언니는 조금씩 건강해졌다. 인사를 하는 눈에 조금씩 빛이 돌아오고 옷차림도 머리 모양도 차츰 멀쩡해졌다.

아마 가족들이 조금씩 입에 수프를 넣어주듯이 이즈미 언니의 상처 난 마음에 애정을 날랐을 것이다. 걱정되어

하루에도 몇 번이고 의미 없이 아사쿠라 씨네 집 앞을 지나다니던 나도(얼마나 발전했는지!), 그 변화를 알아차렸다. 덕분에 나는 휴일에 도오루를 찾아온 팔꿈치 백 여자(언제나 비싸 보이는 백을 팔꿈치에 끼고 다녀서 몰래 붙인 별명)라는, 보지 않아도 좋을 것까지 봐버렸지만.

그래도 안도했다. 생각난다. 도오루와 빙하기 한복판에 있던 시절에도 이즈미와는 말을 나누었다. 긴 얘기는 하지 않아도 이즈미의 온몸에서 배어나는 상냥함, 따스한 빛이 눈앞을 부드럽게 채웠다. 그 빛이 사라진 뒤에야 비로소 깨달았다. 당연한 듯이 가까이에 있는 사람의 무게를.

이웃인 나조차 그랬으니, 이 사건이 가족에게는 더 큰 그림자를 드리웠을 것이다.

비 온 뒤에 땅이 굳는다는 건 이런 거다. 지겨울 만큼 평화로운 우리 가족에게도 파도가 일면 좋겠다. 묶여 있는지 아닌지 모르는 가족의 끈도 그 참에 강해질 텐데…….이런 생각을 한 나는 얼마나 생각이 얕고 태평한지.

날마다 강해지는 여름 땡볕에 채색된 듯이 그 무렵의 내 마음은 조금 들떠 있었다. 도오루가 초대한 콘서트가 다음 주로 다가온 탓이다. 어떤 옷을 입고 갈까, 중학생으로 보이지 않는 옷이 좋겠지. 괜히 들떠서 옷장 점검을 되풀이했다.

그러던 차에 도오루가 오토바이 사고로 병원에 실려 갔다.

그 얘기를 할 때의 엄마 목소리는 이번만큼은 착 가라앉아 있었다. 골절뿐이라면 몰라도 대퇴골 신경을 다쳐서 두 번 다시 예전처럼 걸을 수 없을지도 모른다며 아주머니가 울면서 얘기했다고 한다. 내 목은 얼어붙고, 눈앞의 식탁에 예쁘게 차려진 반찬이 흐릿하게 일그러져 보였다.

나중에 들었지만, 그것도 역시 그 남자가 원인이었다. 그 무렵 나아지는 듯 보였던 이즈미 언니가 남자와는 헤어졌다고 자기 입으로 말했다고 한다. 자세한 건 얘기하지 않았지만, 집으로 돌아온 뒤 이즈미 언니의 커다란 눈동자에는 다시 생기가 돌기 시작했다. 그것만으로 충분했을 터였다.

그럴 때, 남자가 불러내서 이즈미 언니는 다시 그를 만나러 갔다.

통화하는 모습으로 그 사실을 안 도오루가 그들이 탄 차를 쫓아가려고 고속도로로 이어지는 대로를 돌았을 때, 한눈을 판 운전자의 차와 부딪혔다.

……다행이다. 돌아왔냐.

병원에서 눈을 뜬 도오루의 첫마디. 전화를 받고 그대로 병원으로 달려온 이즈미 언니를 보고 빙그레 웃으며 말했다고 한다.

남자는 이즈미 언니의 웃는 얼굴뿐만 아니라 도오루의 오른쪽 다리까지 빼앗아 가버렸다.

나는 아직 병원에 가지 않았다. 갈 수 없다. 문병하러 가기에는 단순한 이웃사촌에 지나지 않는다. 무엇보다 어떤 얼굴로 도오루를 봐야 좋을지 몰랐다.

언제나 등을 꼿꼿하게 펴고 통통 튀듯이 걷는 도오루가 다리를 절며 걸을지도 모른다. 상상만 해도 무서웠다. 그것은 내가 줄곧 지켜보아온 완벽한 도오루의 모습이 아니었다. 그리고 그런 상상을 하는 나의 잔혹함에 오싹했다.

벌이다. 도오루네 집처럼 가끔은 파도가 일어서 흔들리는 것도 괜찮을지도 모른다고 생각한 벌이 어째서 내가 아니라 도오루에게 내려진 걸까.

나는 흉하게 펑펑 울면서 쓸모없어진 콘서트 표를 서랍 속에 조심스럽게 넣어두었다. ……블루그래스의 어젯밤. 역시 촌스럽다.

서랍에는 먼저 온 손님이 있었다. 건네지 못한 미피 생일 카드.

이렇게 내 서랍에는 크기만 하고 도움이 되지 않는 도오루를 향한 마음만 쌓여갔다. 책장 한 구석에, 역시나 무겁기만 할 뿐 의미 없는 기와가 희미하게 빛나고 있다.

아무리 바라보아도, 아무리 손가락 끝으로 문질러도 기와의 신 따위 나타나지 않았다.

7

단밤, 달콤한 물에서 목욕

은근히 자부하고 있었다.

그만큼 오랜 시간, 좋아하며 지켜보아왔다. 가족을 빼면 나는 그를 가장 잘 아는 사람이다. 게다가 남한테 말할 수 없는 일이긴 하지만, 사실은! 같이 목욕한 적도 있는 사이다.

그것은 먼 옛날 어느 여름날의 일. 나와 엄마는 아사쿠라 씨네 집에 놀러 갔다.

에어컨 바람을 좋아하지 않는 아주머니는 정원으로 난 창을 열어두었지만, 미미한 바람밖에 들어오지 않았다. 엄마와 아주머니가 이런저런 수다를 떠는 옆에서 나와 도오루는 밖에 나가 놀지도 못하고 축 늘어져 있었다. 수조의 열대어조차 늘어지는 더운 오후.

정원에 그림자를 드리운 짙은 초록 잎. 아이스티 잔에서 녹아내리는 얼음 소리. 밖에서는 매미들이 울어대는데 공기는 축 가라앉아서 움직이지 않았다. 춤을 추는 듯한 엔젤피시의 움직임을 눈으로 좇으면서 나는 지루해하고 있었다. 철도 잡지를 넘기는 도오루의 옆얼굴.

그때 아주머니가 아무렇지도 않게 말했다.

"너희, 그렇게 심심하면 냉탕에라도 들어가."

냉탕. 우리 집에는 그런 습관이 없었다. 그건 어린 내게 너무나 신선한 울림을 가진 제안이었다. 여름이 되면 좁은 정원에서 바람을 넣어 사용하는 비닐 풀. 바닥에 미니와 미키가 그려진 얕은 풀보다 남의 집에서 들어가는 냉탕이 훨씬 어른스럽고 매력적으로 느껴졌다. 남자아이와 냉탕에 들어가는 데 부끄러움을 느끼기에는 너무 어린 나이였다.

스테인리스 욕조 속의 물이 매끄러운 젤리처럼 흔들렸다. 욕조 테두리에다 나는 가루로 탄 주스, 도오루는 라무네(사이다 같은 탄산음료―옮긴이) 병을 올려놓았다. 창에 비친 햇살이 병에 닿아 폴폴 춤을 추는 모습이 예뻤다. 도오루네 집의 욕조는 네모나고 깊었다.

도오루와 둘이서 좁은 물속에 쭈그리고 있는 것은 답답했다. 하지만 어딘가 안심. 도오루가 수영 팬티를 입고 있는 것이 내게는 신기했다.

"왜 수영복을 입고 있는 거야?"

묻는 내게 도오루가 보여준 난감해하던 얼굴.

지금도 그 여름 오후를 떠올리면 가슴이 술렁거린다. 누가 간지럼을 태우고 난 뒤 같은 나른함. 절망적으로 부끄럽지만 그러면서도 눈부신 행복.

그러나 생각해보면 아무리 같이 욕조에 들어갔다 해도 상대의 알몸은 보이지만(그랬다! 나는 도오루에게 알몸을 보였다), 마음은 보이지 않는다.

나는 도오루가 화내는 것을 본 적이 없다. 우는 것을 본 적도 없다. 공교롭게 볼 기회가 없었거나 착한 도오루가 아무에게도 그런 모습을 보여주지 않는지도 모른다.

빛나는 기억의 결정結晶은 어쩌면 내가 멋대로 쌓아 올린 환상일지도 모른다. 그 작업이 얼마나 무의미했나를 깨달았을 때 현기증이 날 만큼 고독이 밀려들었다.

나는 한심할 정도로 무력하다. 지금 도오루가 마주한 그의 '현실'에 대해.

맑게 갠 여름 하늘은 여유롭게 자란 병원 잔디 표면에 폭력적일 정도로 눈부셨다.

싫다고 꽁무니 빼는 나를 병원까지 끌고 온 것은 별 할머니였다. 하굣길에 교문 근처에서 기다리고 있었다.

별 할머니는 얼굴이 가려질 정도로 커다란 선글라스 (게다가 무진장 화려한 물색 마블링 무늬 테)를 끼고 나타나서 깜짝 놀랐다. 전봇대에 기대, 껌을 짝짝 씹는 히피 같은 할머니는 참 괴이했다. 도오루 문제로 기운도 없고, 학교 근처에서 특이한 차림의 별 할머니와 같이 다니기도 창피해서 그대로 별 할머니 앞을 지나치려고 했다. 아니나 다를까, 별 할머니는 뒤를 따라왔다. 그대로 100미터는 걸었을까.

그 고집에 지고 만 나는 결국 돌아보며 말했다.

"그래서 뭐요?"

내 질문을 무시하고 별 할머니는 되레 물었다.

"너, 나하고 다니는 거 친구들이 볼까 봐 창피하냐?"

정답이었지만, 그렇다고 할 수도 없어서 별로요, 하고 시침을 뗐다.

"남들 눈만 신경 쓰며 살아왔지. 그 짧아빠진 인생을."

"……."

지금은 설교 따위 들을 기분이 아니었다. 별 할머니는 외면하는 내 옆에 나란히 걸었다. 빨간 비닐 샌들이 뜨겁게 달아오른 보도 위에서 찰싹찰싹 경박한 소리를 냈다.

"안심해라. 다른 사람들한테는 보이지 않으니까."

"어째서요?" 하고 무심결에 옆을 보았다. 나는 또 별 할머니의 유도심문에 걸린 것 같다.

"보고 싶은 사람한테는 보이고, 보고 싶지 않은 사람한테는 보이지 않아. 세상의 이치랄까."

"이치고 뭐고. 나도 뭐 별 할머니를 보고 싶다고 생각하지 않아요."

"그리고 또 하나." 짜증 섞인 내 말을 무시하고 별 할머니는 당당하게 말을 이었다.

"유유상종이야. 한 번이라도 하늘을 날 수 있다고 생각한 사람이라면 나를 볼 수 있지. 뭐 전혀 의지가 없는 너는 어릴 때 뻔히 눈 뜨고도 그 기회를 묻어버렸지만 말이야."

"네네, 어차피 저는 날지 못합니다요."

"그렇게 정색하다가는 아무것도 손에 넣지 못한다. 평생 결혼도 못 할 거야."

될 대로 되라 생각한 나는 눈부신 해님 아래를 말없이 걸었다. 지나가는 사람들은 우리를 봐도 시선이 흔들리지 않았다. 별 할머니는 물론이고 나조차 보이지 않는 것 같다. 무더운 여름, 내 존재감도 하루살이처럼 옅어져가는 기분이 들었다.

차라리 그 편이 낫다. 이런 생각도 녹아서 사라져버리는 편이 낫다.

퉁명스럽게 대화를 주고받으며 걷다 보니, 별 할머니의 재촉대로 도오루가 입원한 병원 쪽을 향하고 있었다. 주차장 너머에 나무로 둘러싸인 하얀 건물이 보였다.

"역시 안 되겠어요, 문병은." 나는 고개를 저으며 멈춰 섰다.

"내가 가면 도오루 오빠도 난감할 거예요. 그렇게 친한 것도 아니고."

"난감한 건 너겠지."

별 할머니는 아무렇지 않게 말했다. 좋아하는 남자의 고통스러운 모습을 보고 싶지 않아서 겁먹은 거잖아.

아무 대꾸도 하지 못했다. 이 무미건조한 상자 같은 건물 어딘가에 도오루가 누워 있다고 생각하는 것만도 무섭다. 당장 발길을 돌려서 도망치고 싶다.

꽁무니를 빼는 내게 별 할머니는 아무 말이나 떠들었다.

"바보구나, 너. 사람이 약할 때 다가가는 것이 연애의 지름길이야. 내가 오빠 다리가 돼 줄게, 어쩌고 하면서 촉촉한 눈으로 말해봐. 단번에 무너지지, 저렇게 잘 자란 도련님은. 기껏 온 기회를 또 놓칠 생각이냐."

별 할머니는 중매쟁이처럼 내 어깨를 쿡쿡 찔렀다. 끈질긴 손길을 뿌리치고, 눈앞의 광경을 잡아먹을 듯 바라보았다. 햇빛에 지지 않으려고 눈두덩에 힘을 주고. 빈 동굴 같은 응급실 입구와 바둑판무늬 커튼이 드리워진 창. 화분의 선명한 초록색 같은 것들을.

도저히 익숙해지지 않는 풍경을 앞에 두고 멈춰 선 내게 별 할머니가 초조한 목소리로 말했다. 뭐 하는 거야, 애도 참 느려터져서, 하여간.

나는 간신히 병원 쪽으로 발을 내디뎠다. 도오루가 다

친 틈을 타려는…… 게 아니고, 내 약한 마음을 꼬집어주기 위해. 도오루네 집의 복잡한 일들을 남의 집 일처럼 부러워한 벌을 받느라. 평소 같으면 내 마음이 도망치려고 하는 방향으로 향했을 터다. 귀찮은 것, 부끄러운 것은 요령 있게 피해온 내 마음은 어떤 환자보다 저항력이 없다. 이런 일조차 심장이 욱신욱신 아프니 한심하다.

"난 여기서 기다리고 있을 테니 씩씩하게 갔다 와, 씩씩하게."

별 할머니는 마침 그늘이 진 안뜰의 긴 의자를 발견하고 벌렁 드러누우며 그렇게 말했다. 들고 다니던 그물 손가방을 베고 쓰레기통에서 주워 온 신문을 펼치고 있다.

"여긴 공원이 아니라고요. 그러고 있으면 다른 환자들한테 욕먹어요."

잔디 너머로 휠체어를 밀며 천천히 거니는 간호사를 보면서 말했다. 신경 쓰지 마. 별 할머니는 손가락에 침을 발라서 신문을 넘기며 태연하게 말했다.

"저 사람들에게 난 보이지 않아. 병에 걸린 사람은 남의 모습 따위 눈에 들어오지 않기도 하고."

어이, 꾸물거리지 말고. 맨발에 걷어차여 나는 할 수 없이 병원 안뜰을 가로질렀다.

하늘에 빨려들듯이 푸릇푸릇한 진달래나무. 간호사의 하얀 모자. 곳곳에 있는 민트그린색 긴 의자. 모든 것이 너무 눈부시다. 나는 여름을 처음 보는 아이처럼 눈을 깜박거렸다. 해님에게서 도망치듯이 숨을 죽이고 병동으로 향했다.

안내에서 도오루의 병실을 물어 숨이 멎을 정도로 긴장한 채 찾아갔더니 도오루는 병실에 없었다. 복도에서 한참 기다렸지만, 돌아오지 않았다. 빈 침대 옆에 꽂힌 거베라와 읽다 만 책. 악보와 노트, 퍼즐까지 있다. 세련된 유선형 자명종 시계는 그 팔꿈치 백 여자가 갖고 온 것이란 걸 바로 알아차렸다.

병실 분위기는 예상외로 청결하고 밝았다. 좁은 병실이지만, 모두의 배려 속에 잘 지내는 게 느껴져서 조금은 마음이 놓였다. 그리고 불안해졌다. 아직 제대로 걷지도 못할 텐데 어딜 간 걸까.

한참 기다리다, 그만 포기하기로 했다. 바람맞은 기분으로 내려가는 엘리베이터 버튼을 눌렀다. 두 번 다시 이런 용기를 내지 못할 것이다.

찡, 하고 마른 소리가 나며 열리는 문 바깥쪽. 병원 로비의 어수선함이 기다리고 있었다. 그곳에도 도오루의 모습은 없었다. 이대로 잃어버리는구나. 왠지 그렇게 느껴졌다.

어느 한 집이 이사 가지 않는 한, 이웃에 사는 그의 모습은 이따금 보겠지.

그래도 확실한 예감이 있었다. 도오루의 존재도 그림자도 이대로 내가 모르는 먼 곳으로 가서 나는 그를 잃게 될 거다. 그만큼 지금 그가 겪고 있는 것은 엄청난 일일 테니까.

슬픔과 동시에 안도의 마음이 들기도 했다. 마음 한편으로는 손이 닿지 않는 곳을 계속 바라보는 데 지친 것이다. 사람을 사랑하는 괴로운 마음에서 벗어나 편해지고 싶다. 그렇다, 별 할머니가 말한 대로. 패기가 없어도 괜찮다.

매점을 지나치다, 무심코 가게 안을 들여다보았다. 좁지만 과자와 도시락, 파자마와 운동 기구까지 있을 건 다 있는 매점이다. 진열대 구석에서 그것을 발견한 나는 엉겁결에 지갑을 꺼내 지금 막 내린 엘리베이터로 달려갔다. 신기하게도 내 마음속에 선명하게 떠올랐다.

맑게 갠 하늘 아래. 옥상에 우두커니 있는 도오루의 실루엣. 확신을 담은 손가락 끝으로 옥상 버튼을 눌렀다. 엘리베이터 안에 떠도는 소독약 냄새가 생소하다.

도오루는 내가 상상한 것과 거의 다르지 않은 모습으로 콘크리트 한복판에 있었다.

도오루 오빠. 조그맣게 불렀다.

눈이 멀 정도로 하얗게 빛나는 햇살을 받으며 휠체어에 탄 그가 천천히 돌아보았다.

그곳은 역 앞 다목적 빌딩 옥상에 비해 훨씬 깔끔했다. 원장의 성격인지 간호사의 제안인지. 사각의 넓디넓은 공간은 몹시 밝고 친근하게 꾸며져 있었다. 하늘을 향해 펼쳐놓은 여러 개의 데크체어 줄무늬. 엄청나게 큰 화분에는 부채야자가 심겨 있다. 높다란 담장을 따라 나란히 있는 플랜터의 화초는 씨앗부터 키웠는지 꽃 이름 팻말을 꽂아놓았다. 구석 쪽에 아이들을 위한 작은 놀이터가 있고, 아이들이 갖고 놀다 두고 간 플라스틱 장난감이 뒹굴었다.

무채색 병원 건물에 전혀 어울리지 않게 컬러풀하고

산만한 옥상에 나는 어안이 벙벙했다. 그리고 생각했다. 도오루가 가끔 병실을 빠져나와 이곳에서 시간을 보낼 수 있어서 다행이다. 진심으로 감사한 마음이 들 만큼 그곳은 사랑스러운 옥상이었다.

"와주었구나."

도오루는 눈이 부신 듯 햇살 사이로 나를 보고 미소 지었다. 언젠가 말을 걸어왔을 때처럼 사실은 조금 놀랐지만, 상대에게 절대 전하지 않겠다는 얼굴로. 어마어마한 깁스로 고정한 다리와 휠체어의 좁은 타이어에 놓인 그의 손을 본 순간, 눈물이 쏟아질 뻔했다. 꾹 참고 "응, 와봤어." 하고 웃으며 끄덕였다.

웃는 얼굴은 그대로 뺨에 얼어붙어 나는 입을 다물었다. 큰마음 먹고 오긴 했지만, 재치 있는 인사말 한마디 찾지 못하는 내가 진심으로 한심했다. 뜬금없이 "여기 옥상 특이하네." 하고 주위를 둘러보는 내게 도오루가, "그렇지? 완전 백화점 옥상이야." 하고 웃더니 불쑥 말했다.

"이렇게 된 게 잘됐는지도 모르겠어."

엉겁결에 도오루의 얼굴을 보았다. 우두커니 서 있는 나를 배려해서 그런 얘기를 꺼내려는 걸까. 그는 담담한 목소리와 온화한 표정으로 말을 이었다.

"그러지 않았더라면 살인자가 될 뻔했어."

"살인자?"

도오루에게 전혀 어울리지 않는 단어에 굳어진 목소리로 되물었다.

"응, 만약 그때 오토바이를 타고 따라갔더라면 말이야, 나 무슨 짓 했을지 몰라. 어쩌면 누나의 그 남자를 죽였을지도. 그만큼 미치도록 미웠거든. 그렇게 되면 누나는 남자 친구를 잃은 데다 살인자의 누나가 됐겠지. 그랬으면 정말 최악."

여전히 부드러운 목소리로 도오루는 그렇게 말했다. 듣고 있자니 숨 쉬기가 괴로워졌다. 빙 둘러진 담장 안쪽만 병원다웠고, 초록색 철망 너머로는 상자 정원처럼 아담한 동네가 보였다.

나와 도오루가 사는 동네. 날마다 아무 변화 없는 생활, 평범하게 보내온 일상은 이렇게 갑자기 이빨을 드러내는구나. 순간 냉랭한 것이 가슴속에서 밀고 올라왔다.

"츠바메는 말이야, 사람을 미워한 적 있니?"

어떤 의미로 묻는지 헤아릴 수 없었다. 잠시 입을 다물었다가 대답했다. 허세를 부리듯이 서늘한 목소리로.

"있어."

도오루의 시선을 느끼면서 말을 계속했다. 교칙을 분명히 지켰는데 위반했다고 주의받았을 때, 친구도 아닌 아이와 시시한 일로 시비가 붙었을 때. 얘기하다 보니 생각났다. 사사가와의 일로 시비를 걸었던 마유코의 오지랖 넓은 표정. 솔직히 말하면 밉다고는 생각하지 않았다. 귀찮군, 하고 느꼈을 뿐.

나도 이즈미의 남자 친구에게 도오루처럼 그런 기분을 잠깐이나마 품은 적이 있다는 말은 왠지 할 수 없었다. 그런 말을 가볍게 해선 안 될 것 같았다.

"그렇구나." 도오루는 내 시시한 대답에도 진지한 얼굴로 고개를 끄덕여주었다.

"하지만 목숨을 깎아가면서까지 미워할 가치가 있는 건 없는 것 같아, 세상에는."

이런, 병원에 있으니 너무 한가해서 철학자 같아지네. 그렇게 말하며 미소 짓는 도오루의 얼굴. 무척 쓸쓸해 보였다. 도오루는 슬퍼하고 있구나.

다리를 움직이지 못하게 된 것뿐만이 아니다. 사람을

그토록 미워한 것과 이즈미가 상처 입을 걸 알면서 또 그 남자를 만나러 간 것. 곁에 있기만 해도 사람을 괴롭히는 종류의 사람이 있다는 것.

그 모든 것에 쏟아진 도오루의 슬픔이 투명한 햇살 아래 선명하게 떠올라 나를 휘청거리게 했다.

나는 얼른 화제를 바꾸듯이 말했다.

"아, 콘서트……. 유감이야."

"어쩔 수 없었지만. 내가 빠져도 다른 사람들은 하고 있어."

"그래도 또 할 거지? 나, 그때는 꼭 갈 거야."

"흐음, 어떻게 될까."

"어?"

휠체어를 타고 능숙하게 담장 쪽으로 움직이는 도오루를 내려다보았다. 도오루가 나보다 시야가 낮은 곳에 있다는 사실이 익숙하지 않아서 뭔가 당황스러웠다.

"블루그래스는 있지, 스포츠 같은 거야."

도오루는 언젠가 했던 말을 또 했다. 전에 내게 그 말을 한 걸 잊은 것이다. 음악이라기보다 스포츠지. 내가 말하자, 그래, 그래, 하고 끄덕였다.

"얼핏 보면 악기를 연주하는 손이 중요해 보이지만, 실제로 중요한 것은 온몸이야. 이런 다리로는 리듬도 균형도 잡을 수 없어서 다시 진지하게 하기는 힘들 거야."

그 말은 이제 '전망 좋은 장소'에 설 수 없다는 것? 마음속으로 조그맣게 지른 비명을 입 밖으로 내진 않았다. 소리 내선 안 된다고 생각했다. 그런 슬픈 얘기를 하는 도오루에게 아무것도 해주지 못하면서 아무 생각 없이 이곳으로 뛰어들었다. 도오루는 나를 배려하느라 말하고 싶지 않은 것까지 말하고 있다. 나, 대체 뭐 하러 온 거지.

침입자 같다. 자신을 그렇게 생각했다. 어느 날 밤, 나만의 장소에 뛰어든 별 할머니에게 느낀 것처럼. 이 평온한 옥상의 기운을 어질러놓은 침입자는 나.

"맙소사." 나의 어색한 침묵을 깨듯이 도오루가 희미하게 쓴웃음을 지었다.

"한심하네, 나. 너한테 이런 나약한 소릴 하다니."

"그렇지 않아."

필사적으로 고개를 저었다. 울지 않는 것이 도오루에 대한 최소한의 예의라고 생각했다. 그러나 이런 내게 처음으로 나약한 소리를 하는 도오루가 좀 한심하긴 하다.

퉁퉁 부은 얼굴에 뻗친 머리칼. 구겨진 줄무늬 파자마. 다섯 살이나 위인데 안쓰럽다.

그런 도오루에게 끌렸다. 표현할 수 없는 강한 힘에 쭉쭉 끌려 들어갔다.

지금까지 머릿속에서 마음대로 만들어온 도오루의 모습과 눈앞의 도오루가 서서히 겹친다. 수학 시간에 배운 벤다이어그램의 원처럼 겹친 부분이 내 속에 지워지지 않을 짙은 그림자를 드리웠다.

"그렇지만 이해해줘. 게다가 한 가지 이유가 더 있는데, 솔직히 말하면 나 지금 막 차였거든." 자랑스러운 고백을 하듯이 도오루가 웃었다.

"엥?" 침대 옆에 있던 은색 자명종 시계와 감각적인 노트가 문득 떠올랐다.

"아까 여자 친구가 문병을 왔었는데 말이야. 그때 솔직히 얘기했어. 완벽하게 나을 거라고 믿고 다정하게 대해주는 여자 친구한테 정정당당하지 못하다고 생각해서 말이야. 내 다리, 어쩌면 평생 휠체어 타야 할지도 모르고, 잘돼도 질질 끌고 다녀야 하는데 그래도 영원히 곁에 있어주겠느냐고 했어. 협박이지, 그건, 일종의."

147

"그래서……."

"물론 여자 친구는 끄덕였지. 착한 아이이니까."

착한 아이. 나는 가슴속으로 되뇌었다. 지금까지 흐릿
하기만 했던 팔꿈치 백 여자의 윤곽에 선이 생겨서 움찔
했다. 그런 것, 알고 싶지 않은데.

"하지만 보였어. 아주 잠깐, 짧은 순간이었지만, 그 친
구가 당황하는 모습이. 그럴 만도 하지. 대학 생활 갓 시
작해서 즐겁게 남자 친구 사귀고 있는데, 갑자기 이런 일
이 닥쳤으니까. 천사이거나 어지간한 성인군자가 아닌
한 두렵겠지. 알면서 말한 나도 못됐지만. 그래서 한동안
만나지 말자고 내가 제안했어."

"그럼 오빠가 찬 거잖아?"

"아냐, 상황이 이렇게 돼서 그렇게 말한 거니까 결과적
으로 내가 차인 거지. 누가 찼건 상관없지만. 이런 건 음,
타이밍 문제."

안타까운 듯이 눈꼬리가 축 처지는 도오루를 보니 여
자 친구를 정말로 좋아했던 것 같다. 이렇게 넓은 곳에 있
는데 내 주변의 공기가 쪼그라드는 느낌이다. 한껏 쪼그
라들어서 피부에 달라붙는 것 같다.

옛날에 도오루와 냉탕에 들어갔을 때도 그랬지. 진하고 달콤한 물이 나와 도오루 사이에서 찰랑거렸다.

"잘난 척 고상한 소리 했지만 말이야, 나도 철부지 어린 애였어, 결국. 여자 친구 한 명, 다리 하나 잃는 정도로 이렇게 침울해하다니."

"대학생도 애야?" 도오루의 웃는 얼굴에 이끌려 나도 애써 미소를 지으며 물었다.

"애지, 애야. 술 마시고 밴드 연습으로 하루를 보내는 농땡이 대학생보다 아침부터 빽빽한 수업 듣고 교칙을 지키며 의무교육을 받는 중학생이 훨씬 훌륭해."

"알아주어서 고마워." 웃음을 터트리면서 나는 말했다.

그래도, 하고 머뭇머뭇 덧붙였다. 갑자기 멀리서 오르골 같은 종소리가 울렸다. 엘리베이터가 열리고 엄마를 따라온 남자아이가 장난감 쪽으로 달려갔다.

"도오루 오빠는 언제나 나한테 든든한 존재였어."

그랬나. 힘없이 웃는 도오루에게 응, 하고 또렷하게 끄덕였다.

"초등학교 1학년 때 우리 교실에 도오루 오빠가 들어왔잖아? 급식 당번으로."

뜬금없이 꺼낸 얘기에 도오루는 순간 어리둥절해하더니, 아아, 하고 끄덕였다. 그런 적 있었지, 상급생한테 1학년 급식 당번을 시켰지, 우리 학교.

"맞아. 난 낯가림도 심하고 내성적이어서 학교생활이 힘들었거든. 특히 급식 시간이 스트레스였어. 그런데 도오루 오빠가 앞치마 차림으로 우리 교실에 들어왔을 때, 완전히 구원받은 기분이었어. 나도 모르게 도오루 오빠! 하고 소리 질렀더니, 웃으면서 손을 흔들어주었잖아. 기억나지 않을지도 모르지만. 무지하게 기뻤어, 그때. 반 친구들이 나를 동경하는 얼굴로 보았지. 그 후로는 아주 조금 학교가 좋아졌어. 단순하지?"

단숨에 거기까지 말하고 나자, 나는 갑자기 부끄러워졌다.

생각난다. 마스크로 얼굴을 가리고 있어도 나는 바로 도오루란 걸 알았다. 흰색 모자 사이로 삐져나온 부드러운 앞머리.

"기억해." 도오루는 눈을 가늘게 뜨고 말했다.

"기억하고 있어. 츠바메, 아직 요만할 때였잖아. 식판을 들고 신기해하는 얼굴로 줄을 서 있었지. 초등학생 노릇을 잘하고 있어서 기특했어."

대화가 끊기고, 우리는 나란히 담장 너머를 바라보았다. 여기에서 학원 빌딩의 옥상도 보일까 하고 눈으로 찾았지만, 알 수 없었다. 기울어져가는 햇빛이 부드러웠다.

그 후 나는 얼마만큼 성장했을까, 문득 생각했다. 이 작은 동네, 도오루네 집에서 세 집 옆의 지붕 아래에서. 사람을 죽이고 싶을 만큼 미워한 적도, 입원을 한 적도, 안타까운 이별을 경험한 적도 없다. 보잘것없는 인생을 대하는 나의 태도는 응석쟁이에다 겁 많은 초등학교 1학년 때 그대로다.

그러나 확실한 것. 도오루가 만일 그대로 죽었더라면 나는 상대 운전사나 이즈미의 남자 친구를 죽도록 증오했을 것이다.

증오할 가치가 없어도 내가 사라질 만큼 증오했을 것이다.

"아 참." 하고 나는 내 손에 들린 비닐봉지에 시선을 떨어뜨렸다.

"이거 깜박했네."

선물, 하고 나는 단밤 봉지를 꺼내서 건넸다.

고마워. 도오루는 기쁜 얼굴로 받아들자마자 얼른 봉지를 뜯어서 단밤 한 알을 입에 넣었다.

"마, 맛있어." 장난스럽게 심장을 부여잡았다. 고소한 밤 향이 귀여운 햇살 속에 녹아들었다.

"자."

도오루가 촉촉하게 빛나는 단밤 한 톨을 집어서 내밀었다.

이쪽으로 내미는 도오루의 팔. 피크를 들 때처럼 멋있게 구부린 손가락.

살짝 탄 건강한 색의 손을 향해 몸을 기울이고 얼굴을 가까이 가져갔다. 입속에 퍼지는 고소한 밤 맛. 그대로 도오루의 팔이 머리 뒤로 뻗어와 나를 끌어당겼다.

내 몸이 휠체어를 탄 도오루 위로 휙 기울었다. 그의 품속에서 온몸의 힘이 쭉쭉 빠져나갔다. 어깨로, 등으로 전해지는 도오루의 손바닥 온도. 여름 햇볕보다 뜨겁다.

"와줘서 고마워. 이런 겁쟁이한테."

목 뒤쪽에서 나직한 소리가 났다.

병실 앞에서 헤어지며 흰색 문 너머로 빨려들어 가는 도오루를 지켜보았다. 능숙해진 손놀림으로 휠체어를 타는 모습이 안타까워서 시선을 돌렸다. 엘리베이터에서 내려서도 무릎이 달달 떨렸다.

노르스름한 빛을 받아 끝이 투명해진 잔디 위를(출입 금지 팻말을 도중에 발견했지만 개의치 않았다), 힘이 빠진 다리로 가로질러 갔다. 떡갈나무 아래 벤치에서 별 할머니를 발견했다. 꽤 오랜 시간이 지난 것 같은데 똑같은 자세로 누워 있다. 벤치 아래에 내팽개쳐진 싸구려 비닐 샌들.

"어이." 다가오는 내 기척을 느끼고, 별 할머니는 얼굴에 덮어쓴 신문을 치웠다.

반가운, 너무나 반가운 주름투성이 얼굴.

벤치에 쭈그려 앉자마자 나는 별 할머니에게 안겨서 울음을 터트렸다. 참고 있던 것이 넘쳐나듯이 뜨거운 액체가 안쪽에서 마구 솟구쳐 올랐다. 펑펑, 그야말로 잃어버린 엄마를 만난 미아처럼 엄청나게 울었다. 흉하게 울었다. 부모 앞에서도 이렇게 운 적이 없다. 젖은 코끝을 스치는 예스러운 장뇌 냄새.

내가 왜 우는지를 전혀 몰랐다.

"더럽네. 콧물 다 묻히고."

말하면서도 별 할머니는 나를 밀어내지 않았다. 마른 나뭇가지처럼 가벼운 손가락으로 내 등을 톡톡 두드렸다. 실을 잣는 것 같은 리듬이 기분 좋았다. 울음을 그칠 타이밍을 찾지 못하고 나는 언제까지고 나무 그늘 벤치에서 흐느껴 울었다.

8

여름방학 걷기 계획

이렇게 조용한 여름방학은 처음.

우리 집 여름은 해마다 비교적 활동적이었다. 오봉(우리나라의 추석 같은 명절—옮긴이) 연휴에 고모가 사는 아오모리의 목장에 가기도 하고, 이제 질렸다고 하면서도 후지 5호(후지산 주위에 있는 다섯 개의 호수—옮긴이)를 돌기도 하고. 가까운 강에 가서 낚시하기도 했다. 내가 고등학생이 되면 부모와 여행 다니고 싶어 하지 않을 거라고 생각한 아빠가 의욕에 차서 계획을 세우는 탓이다. 매혹적인 제안을 올해는 매번 거절하는 바람에 아빠는 눈에 띄게 어깨가 처져 있다.

"벌써 부모를 떠나다니. 너무 빠른 거 아냐." 하고 원망스러워 하는 아빠를 "부모 자식인데 떠나고 뭐고가 어디 있어." 하고 착한 딸의 얼굴로 달래는 것은 내 역할. 창밖에 엄마가 매일 아침 물을 주는 허브 화분들 위에 물방울이 사방으로 반짝거렸다. 에어컨을 틀어놓은 방에서 바라보는 강한 햇살. 환상의 빛처럼 현실감이 없다.

내 마음속도 요즘 어느 정도 잠잠하다. 흐름이 멈춘 호수의 수면 같다.

솔직히 말하면 나도 시원한 아오모리 시골에 가서 말들의 얼굴을 보고 싶다. 강가에서 구워 먹는 송어 맛에도 미련은 있다. 무엇보다 아무 계획 없는 여름방학은 기념품 가게가 없는 산속 호수처럼 멋있다. 그런데 올해 여름은 이 작고 지루한 동네를 떠날 마음이 들지 않았다.

도오루를 생각했다. 도오루는 병원에서 지루한 여름을 보내고 있는데 나만 신나게 가족 여행을 가는 것이 왠지 내키지 않았다.

유치한 생각이다. 도오루에게 도움도 되지 않고 그에게 전해질 리도 없는 마음이다. 지금도 도오루와 나는 여전히 이웃사촌. 하물며 그런 일이 있고 난 뒤에 아무렇지 않은 얼굴로 문병을 하다니, 그런 대담한 짓은 하지 못할 것 같다.

그래도 도오루가 뭔가를 견디는 장소 가까이에 나도 있고 싶었다. 뭔가를 찾고 싶은 마음이 들었다.

그렇다. 요즘의 나는 뭔가를 찾고 있는 기분이다. 대체 무엇을 찾고 싶은지조차 모른다. 마음속 깊고 어두운 물 밑을 물끄러미 보고 있다.

그런 날들 가운데 별 할머니도 조금 마음에 걸렸다.

요즘 별 할머니도 왠지 힘이 없다. 막무가내이던 행동도 덜해지고(나한테서 몇 개의 아이스크림을 훔쳤던가!), 뭔가에 마음을 뺏긴 듯이 멍하니 있을 때가 많다. 아무래도 노인이어서 더위를 견디기 힘든 걸까. 그런 걱정을 하고 있는데 옆에서 치마를 대담하게 걷어붙이고 바람을 넣기도 하니, 뭐 대단한 걱정은 하지 않지만. 무슨일이 있어도 천박한 행동과 독설만은 건재한 사람이다.

올여름은 유난히 덥다. 내리쬐는 햇볕에 시간의 고무줄이 늘어난 것 같은 일상에서 유일한 활력은 서예 학원 정도다. 우시야마 선생님도 여름방학 계획이 없는 것 같다. 평소보다 학생 수가 줄어도 개의치 않고 유유히 수업

을 계속하는 것이 고마웠다. 지난주부터는 月(월), 木(목)
자에 더해 수묵화도 배우기 시작했다.

수업이 끝난 어느 날, 우시야마 선생님이 불렀다.

"이거 아주 좋지 않습니까?"

중학생인 내게도 할아버지 학생에게도 선생님은 차별
없이 공손한 어조로 말한다. 우시야마 선생님이 정중한
태도로 내게 펼쳐 보인 것은 수묵화집이었다.

페이지를 넘길 때마다 눈이 종이에 빠져들었다. 먹 농
도와 붉은색만으로 나타낸 세계는 섬세하면서도 대담했
다. 능청스러운 표정으로 나무를 타는 원숭이와 가련한
꽃과 공작. 모든 것이 생생하고 다채롭게 그려졌다. 종이
에 스며들어 번지는 윤곽의 싱싱함. 말을 잃고 바라보는
내 옆에서 우시야마 선생님이 기쁜 듯이 말했다.

"이건요, 다섯 살 여자아이가 그린 겁니다. 중국에서 천
재 화가로 불리는 아이라고 합니다."

"네엣? 다섯 살? 이 그림이요? 틀도 완전히 잡혔는데."

충격이었다. 그림에 녹아드는 듯한 자유로운 붓놀림으
로 군데군데 글도 써넣었다. 복잡한 모양의 한자는 글씨
라는 당연한 사실을 넘어서 호탕하고 시각적이다. 하나

하나의 서체는 우아한데 어딘가 유머러스하고 힘찬 점도 멋있다.

"어린아이가 그렸다고는 도저히 생각할 수 없네요." 내가 조그맣게 질투 섞인 한숨을 쉬었다.

"이른바 신동이죠." 우시야마 선생님도 부러운 듯이 말했다. 나 같은 사람은 물구나무서기를 해도 나오지 않을 재능입니다. 그러고는 좀 장난스러운 얼굴로 선생님은 나를 들여다보았다.

"어떻습니까. 수묵화 시작해보지 않겠습니까."

"에이."

엉겁결에 기죽은 소리로 대꾸했다. 자랑은 아니지만, 그림은 똥손이다. 미술 성적도 형편없는 내가 느닷없이 수묵화에 손을 대다니 너무 무모한 일이다.

그러나 왠지 해보고 싶었다. 이 그림처럼 자유롭고 거침없이 자연에 있는 것들의 음영陰影을 그려보고 싶다.

흔들리는 내 마음을 부추기듯이 우시야마 선생님이 진지한 목소리로 한 번 더 말했다.

"나도 이쪽 방면은 거의 초보지만, 같이 해보지 않겠습니까. 하고 싶은 사람들만 모아서. 결과는 어찌 되든 즐겁게 하는 것이 취미 생활의 기본이니까요."

결국 다른 원생들에게 광고하지 않고 뜻이 있는 원생들만으로 수묵화 수업은 시작됐다. 우시야마 선생님은 이상을 내세우는 게 아니라, 자연스럽게 하고 싶은 일을 실현하는 타입 같다. 처음에는 나와 이웃에 사는 할머니와 회사원인 다니모토 씨뿐이었지만, 그다음 주에는 회사원이 두 명 더 늘었다. 허물없고 친근한 분위기가 마치 인기 없는 동아리 활동 같다.

수업이 끝나면 언제나처럼 옥상에 올라가서 막 그린 그림을 꺼내 보였다. 별 할머니는 덜 마른 그림을 바라보면서 고개를 갸웃거렸다.

"흠. 아주 귀여운 소네, 이거."

"쥐인데요." 하고 힘없는 목소리로 정정했다. 의욕과 결과는 정비례하지 않는구나.

"뭐, 별로 마음에 담지 마라. 장점이 없는 것도 장점이니까."

징글징글한 말투에도 완전히 익숙해진 나는 목소리에 힘을 담아 말했다.

"앞으로 잘 그리게 될 거예요. 더, 더 잘 그리고 싶다고요, 나."

그때 나는 밤이 돼도 찜통 더위가 가시지 않은 옥상에서 간절히 바랐다.

언젠가는 꼭 잘 그리고 싶다. 먹과 물과 종이의 마법을 빌려서 나만의 세계를 만들어보고 싶다. 그래서 조금 서둘렀는지도 모른다. 나만의 월등한 것을 빨리 발견하고 싶어서.

그리고 보잘것없는 나지만 뭔가 해낸다면 도오루도 블루그래스를 포기하지 않을지도 모른다. 어린아이 같은 간절함으로 보이지 않는 힘에 도박을 걸고 있다. 기도 같은 힘.

"오, 아주 의욕이 만만한걸. 사랑의 힘은 위대하네."

별 할머니는 놀리듯이 내뱉고 킥보드를 탔다. 바람이 없는 밤. 멈춰 있는 공기가 별 할머니 주위에서 천천히 움직이는 느낌이 기분 좋을 것 같았다.

나는 감탄하며 말했다.

"이제 짱 잘 타네요, 킥보드. 별 할머니는 새로운 것에 도전해서 성공했군요."

"뭐, 좀."

어깨를 으쓱하는 얼굴은 언제나처럼 의기양양하지 않다. 지리멘(오글쪼글한 잔주름이 있는 직물―옮긴이)처럼 주름진 얼굴은 그늘이 져서 어둡다. 눈동자에 자포자기한 그림자를 드리우고 별 할머니는 말했다.

"예정보다 더 걸린 것 같긴 하지만. 뭐, 뭘 해도 너와 달리 재능을 감출 수 없는 나니까. 너무 잘 타게 돼버렸네."

"뭐예요, 그건."

나는 빵 터졌다. 처음 만난 밤을 떠올렸다. 조심조심 킥보드 위에서 균형을 잡던 별 할머니의 겁먹은 얼굴.

"잘 타려고 연습한 거 아니에요?"

"잘 타면 그다음으로 넘어가야 직성이 풀리지. 같은 곳에 계속 있는 건 뭐든 괴로운 법이야."

오늘 밤의 별 할머니는 묘하게 심기가 불편해 보였다. 문득 깨달았다. 이 사람은 나의 몇 배나 되는 세월을 살아왔다. 아무리 건강해 보여도 인생의 피로는 쌓일지도 모른다.

그때 문득 어떤 생각이 떠오른 나는 "알겠다!" 하고 소리를 질렀다.

"어, 그러니까, 마코토였나. 별 할머니, 그 애 만나러 가서 킥보드 타고 같이 놀고 싶은 거죠? 그럼 만나러 가면 되잖아요. 별 할머니가 가면 분명히 기뻐할 거예요."

"……어디 있는지 몰라. 아니, 대강은 알지만. 정확하지 않아."

어휴, 답답해, 하고 나는 소리를 질렀다.

"별 할머니는 만날 나한테 답답하네, 속 터지네, 욕하잖아요. 만나고 싶으면 만나라, 마음을 전해라, 하고. 그거 사돈 남 말 하는 거 아니에요?"

"너 따위 젖내 나는 어린애한테 그런 소리 듣고 싶지 않다."

좀 전까지 힘없던 별 할머니는 나를 찌릿 노려본 뒤, 고개를 돌렸다.

"난 당연히 응석쟁이에 겁쟁이인 중학생이지만요." 가슴에서 말이 쏟아져 나온다.

"별 할머니가 재촉해서 억지로 도오루 오빠 병원에 가길 잘했다고 생각해요. 다리 다치고, 여자 친구한테 차이고, 어린 나한테 우는소리 하는 내 짝사랑을 만나길 잘했다고 생각해요. 오빠가 아픈데 아무것도 해줄 수 없지만, 그런 모습의 도오루 오빠도 있다는 걸 이 눈으로 볼 수 있었으니까요. 조금이라도 그 아픔을 느낄 수 있었으니까요. 도오루 오빠의 여자 친구는 절대 되지 못하겠지만, 이제 길에서 마주쳐도 도망가지 않을 것 같아요. 지금의 도오루 오빠를 볼 수 있는 것은 지금뿐이니까요. 그것만으로 행운이라고 생각하기로 했어요."

빙 두른 철책을 치우는 내 모습이 가슴 안쪽의 막에 희미하게 비치는 것 같았다. 애어른 같은 내 얘기에 별 할머니는 평소와 달리 코웃음 치지 않았다.

"그러게. 시간은 한계가 있지."

홀쭉한 뺨을 일그러뜨리며 나직하게 말했다.

별 할머니의 키. 여름에 어쩐지 더 작아진 것 같다. 나는 요즘 들어 키가 꽤 컸다. 마치 가지가 웃자란 나무 같다. 팔다리만 하염없이 가늘고 길다. 별 할머니의 생명력을 양분으로 자라는 것 같다. 산다는 건 뭔가 꼴불견인 것 천지네. 그런 생각과 동시에 말이 스르륵 나왔다.

"나도 갈래요."

"엉?" 별 할머니의 의아해하는 얼굴.

"내가 꽁무니 뺄 때 같이 병원에 가주었잖아요. 그러니까 나도 별 할머니 손자 만나러 갈 때 따라갈 거예요."

멍하니 나를 바라보던 별 할머니의 마뜩잖아하는 얼굴이 우글쭈글 구겨졌다.

"어찌나 오지랖 넓은 녀석인지."

"마침 방학이어서 심심하기도 하고요. 그리고…… 친구잖아요."

"뭐라고?" 별 할머니가 바로 반문했다.

두 번은 말하고 싶지 않다. 수줍어서 고개를 돌렸더니 그 끝, 연한 먹물을 흘린 듯한 하늘에 초승달이 떠 있다. 여름밤의 푹푹 찌고 달콤한 향이 희미하게 불어오는 바람에 섞였다.

그날 밤 들은 별 할머니의 이야기는 뭔가 두서가 없어서 갈피를 잡을 수 없었다. 마코토는 어쩌면 어려서 세상을 떠났는지도 모른다. 조심스럽게 물어보자, 별 할머니는 "재수 없는 소리 하지도 마. 그렇게 건강하고 씩씩한 아이는 어딜 가도 없어." 하고 소리쳤다.

무슨 '사정'인가로 지금은 만나지 못하는 것 같다. 사는 곳도 모른다. 혹시 우리 엄마처럼 별 할머니의 딸도 가족을 버린 걸지 모른다. 그 의문은 말이 되어 나오지 않았다. 왠지 동병상련 같아서 싫었다.

"그래도 별 할머니라면 간단히 찾을 수 있잖아요?"

언제나처럼 "뭐. 내가 못 하는 건 아무것도 없지." 하고 강한 척해주길 바라며 물어보았다. 하지만 별 할머니의 얼굴에 늘 보이던 센 기운은 떠오르지 않았다.

넌 모르겠지만, 하는 별 할머니의 조용한 목소리. 달이 숨어서 갑자기 어두워진 하늘 아래에서 중얼거렸다.

"가장 소중해서 다가갈 수 없는 게 있는 거야. 다가가서 잃느니 평생 이렇게 지켜보고 싶은 거지."

별 할머니의 말은 아프리만치 쏙쏙 이해됐다. 내가 도오루에게 품어온 마음 그대로이니까. 하지만 나는 철책을 부숴버렸다. 언젠가 무진장 상처 입을 때가 와도 괜찮다고 생각했다.

"그래도 별 할머니는 가족이잖아요. 잃어버릴 게 뭐 있어요. 게다가 처음에 만났을 때, 별 할머니가 그랬잖아요. 시간을 더 기분 좋게 사용하라고. 앞을 향해 나아가라고. 손자와의 추억에 잠겨 있기만 하고 아무것도 하지 않다니, 별 할머니답지 않아요. 마코토와 같이 타는 킥보드는 훨씬 신날 거예요."

"너한테 응원받다니. 나도 한물갔네."

언제나 거만하고 온몸으로 오만방자한 에너지를 내뿜는 별 할머니가 지금은 밤에 녹아서 사라질 것 같았다. 뭔가가 다르다. 스멀스멀 스며드는 기운에 나는 슬며시 겁이 났다.

"그렇지." 무슨 생각을 떠올렸는지 잠자코 있던 별 할머니가 이윽고 입을 열었다.

"너는 어수룩하고 겁쟁이인 어린애지만, 제법 장점도 있긴 하더라. 좀 도와줄래? 늙은이 혼자는 힘이 들어서."

"돕다니요? 어떻게 하면 돼요?" 재촉하면서 가슴이 설렜다.

"일단 물어보겠다만 너, 입은 무거운 편이겠지?"

"친구들한테 그런 말을 들어요. 내 이야기를 너무 하지 않는다고 가끔 원망을 듣기도 해요. 반 친구들은 서로 속을 털어놓는 걸 좋아하니까."

"신경 쓰지 마. 수다스러운 애들 중엔 못생긴 호박이 많아." 별 할머니는 히죽 미소를 지었다.

그 얼굴은 과자를 조를 때처럼 탐욕스러운 모습이어서 나를 완전히 기쁘게 했다.

그날 이후 나는 남은 여름방학을 바쁘게 보내게 됐다. 별 할머니의 손자, 마코토를 찾기로 한 것이다.

그것은 끝도 보이지 않고, 막막하기만 한 일이었다. 별 할머니가 내놓은 단서는 '선홍색 도자기 기와지붕'뿐이었으니까.

"겨우 그것뿐이에요?" 나는 불안스레 말했다.

별 할머니 얘기에 따르면 지금은 행방을 알지 못하는 딸이 보낸 편지에 사진이 들어 있었던 모양이다. 거기에 마코토와 그들의 집으로 보이는 '선홍색 지붕' 집이 찍혀 있었다고 한다. 주소는 없었지만, 소인으로 보아 이 동네에 사는 것 같았다. 혹시 그래서 별 할머니는 이 동네에 온 걸까. 적어도 사진을 보면 단서를 잡을 수 있을지도 모른다. 그래서 묻는 내게, "지금은 갖고 있지 않아." 말하고는 관여하지 않아서 전망은 그리 밝지 않다.

곤혹스러워하는 나를 무시하고 별 할머니는 담담하게 탐색 계획을 얘기했다. 자기는 '하늘에서'(여기까지 와서도 날 수 있다고 주장했다) 찾을 테니, 나는 지상에서 '선홍색 도자기 기와지붕'을 찾으라는 지령이었다. 운 좋게 발견하면 사랑하는 손자와 재회하게 된다.

집에 돌아와서 바로 동네 주민회에서 나눠준 가옥 이름이 들어간 구역 지도를 펼쳤다. 그리고 오늘은 여기서 여기까지, 하고 정한 뒤 무작정 돌아다니기로 했다.

반짝거리는 빛이 쏟아지는 땡볕 아래를 묵묵히 걸었다. 무늬 없는 면 모자 아래로 지도를 확인하고 페트병에 든 물로 목을 적시면서.

서예 학원과 지붕 찾기. 걷다가 화방을 발견하고 갓 배우기 시작한 수묵화 도구를 고르는 것도 즐거웠다. 오래 산 동네에 아직도 모르는 곳이 있다는 데 놀랐다. 부모님이나 친구들과의 약속을 부드럽게 사양하고 내가 결정해서 내가 걷는다.

처음 경험하는 기묘한 여름이 지나고 있다.

매미 소리와 해와 아스팔트에 흔들리는 아지랑이. 시든 메꽃. 지붕을 주의 깊게 올려다보며 건조한 길 위로 발을 재촉했다. 이 금속 기와는 집 분위기와 어울리지 않네. 경사가 너무 가파른 지붕이네. 별 할머니에게 배운 것을 마음속으로 중얼거릴 뿐, 쓸데없는 생각은 하지 않고 걸었다. 그저 걷기 위해 걸었다.

해 질 녘인데 햇볕은 따갑고 샌들을 신은 발뒤꿈치에

물집이 생겼을 때는 물론 약한 마음도 들었다. 혹시 별 할머니에게 또 놀아나고 있는 게 아닐까. 나를 단련하기 위해서(혹은 놀리기 위해서) 이런 제안을 한 게 아닐까.

그래도 걷기는 그만두지 않았다. 이윽고 이마를 타고 흐르는 땀과 함께 도오루를 향한 안타까운 감상도, 왜 이런 짓을 하고 있지 하는 의문도 별 할머니에 대한 의구심도 흘러내렸다. 나를 텅 비우고 걷는 것은 신기한 쾌감이었다.

"우아, 츠바메. 엄청나게 태웠네. 바다라도 다녀온 거야?"

햇볕을 너무 빨아들여 멋있기는커녕 그을린 내 피부를 보고 레이코와 오쿠놋치가 환성을 질렀다. 오랜만에 학교에 간 날. 어느새 레이코의 귀에는 피어싱 구멍이 뚫려 있다. 머리칼로 교묘히 숨겼지만, 쓸어 올리는 틈으로 조그마한 구멍이 보였다.

"아, 아니, 그냥 걷기만 했어. 올여름에는 있지, 혼자 아루케아루케 운동(체력과 건강을 위해 걷기를 실천하고 장려하는 운동 – 옮긴이)을 했거든."

"뭐야, 그거. 이상해."

두 사람이 요란한 목소리로 웃었다. 오쿠놋치의 손가락에는 은반지. 오쿠놋치는 지난번 고백했던 선배의 친구와 사귀고 있다고 한다. 다들 저마다 새로운 여름을 보내고 있다.

"뭔가 있잖아, 츠바메는 얼굴이 달라진 것 같아."

오쿠놋치가 오렌지색 립글로스를 바르면서 말했다. 아, 나도 생각했어, 하고 레이코까지 동의해서 나는 고개를 갸웃거렸다.

"어떻게?"

"표정이 선명해졌다고 할까, 씩씩해졌어."

"그런가. 얼굴이 타서일까."

"아냐, 아냐. 평소 츠바메는 의욕이 없다고 할까, 나른한 느낌이잖아. 근데 지금은 야무지게 주위를 보고 있달까? 눈은 배우들이 안약 넣은 것처럼 반짝거리고. 연애라도 하는 거야?"

"츠바메는 그런 얘기 통하지 않는다니까." 레이코가 놀리듯이 말하고 화통하게 웃었다.

두 사람의 말을 듣고 놀랐다.

지금 한 말이 아니라, 지금까지 나를 권태롭다거나 그

런 식으로 보았던 데에. 대상이 무엇이건 내가 품었던 거리감이 그대로 전해졌고 묵묵히 받아들여주었구나.

"아무 일도 없어, 없어." 하고 나는 고개를 저었다. 두 사람이 참 좋다고 느끼면서.

선생님의 지루한 종례("입시는 이미 시작됐다" 내신 성적과 미래 이야기)를 듣고, 교문에서 우리는 헤어졌다. 그럼 개학 날 보자, 하며 웃는 얼굴로.

오늘은 아무도 파르페나 스티커 사진 얘기를 꺼내지 않았다. 오랜만에 입는 여름 교복 블라우스의 흰색. 친구들의 웃는 얼굴. 모두 조금 어색하다. 수줍은 반가움. 우리는 이렇게 각자의 여름으로 되돌아간다.

곧 다시 만날 친구인데 아쉬운 마음으로 서로 손을 흔들었다.

집에 돌아와서 답답한 교복을 벗고 표시해둔 동네 지도를 펼치고 있는데, 아빠가 들여다보러 왔다. 매일 동네를 돌아다니는 건 사회 숙제 때문이라고 거짓말을 해두었다.

"아주 열심이구나. 그렇게 진지하게 여름방학 숙제하는 모습은 처음 봤는걸."

"내가 사는 곳을 안다는 건 재미있는 일이네요. 아빠도 같이할래요?"

"아냐, 사양할게. 이 더위에 밖에 돌아다니는 것, 츠바메 나이가 아니면 못 할 일이야."

웃고 나서, 아빠는 머뭇머뭇 입을 열었다. 아까부터 무슨 말인가 하고 싶은 모습이었다.

"저기. 어, 츠바메는 저기, 인제 와서 형제가 생기는 것 싫으니?"

"네?" 지도에서 시선을 들다 아빠의 수줍어하는 눈동자와 마주쳤다.

"엄마 말이야, 아기가 생긴 것 같아. 지금도 병원에 갔어."

지붕 찾기와 수묵화에 빠져 지낸 나의 여름에 그 말은 신선한 울림이었다.

그러고 보니 요즘 엄마의 상태가 좋지 않아 보였지만, 더위를 먹어서인가 하고만 생각했다. 세상일이란 언제나 생각지도 못한 사이클에 돌입한다. 갑자기 동생이 생겼다고 하니 실감이 나지 않았다. 그래도 불안스레 나를 바라보는 아빠에게, "그거 재미있겠는데요." 하고 미소 지어 보였다.

"그런가, 재미있는 건가."

아빠는 안도한 표정으로 얘기를 시작했다. 그건 내가
모르는 얘기였다.

내게 동생이 생긴다. ……솔직히 그건 '재미있다'라고 할 수밖에 없는 사건이다.

내가 아직 어렸더라면 더 흥분했겠지. 이제는 좀 컸다고 "흐음." 하고 끄덕이고 말았다. 하지만 지금의 내게는 가족의 풍경에 좀 재미있는 요소가 더해진다는, 그 이상도 이하도 아닌 뉘앙스였다.

아빠는 내 반응에 좀 아쉬운 듯한, 그러면서 안심한 듯한 얼굴이었다.

"엄마는 이 나이에, 하고 망설였지만 말이야. 아빠가 꼭 원한다고 부탁했어."

그랬다. 아빠는 가족이 만들어내는 새로운 이벤트를 진심으로 사랑한다.

"게다가 말이야. 한참 옛날이야기니까 털어놓자면, 전에도 포기한 적이 있어. 그래서 이번에야말로 큰 결심을 한 거야."

"헐, 그런 일 있었는지 몰랐어요." 의외의 전개에 나는 지도에서 얼굴을 들었다.

8월 저녁 무렵. 소나기가 쏟아지려는지 하늘이 묵직하고 어두컴컴하다. 비스듬히 비치는 해를 받아 정원의 나무만 희미하게 빛났다. 채도가 강한 이런 저물녘에는 모든 것의 표면이 벨벳 같은 빛을 띤다.

"네가 아직 어릴 때 얘기니까. 엄마가 임신한 걸 알았을 때, 아빠는 무척 기뻤어. 마침 새집에 막 이사했을 때이기도 하고 말이야. 식구가 한 사람 더 생긴다니 이렇게 기쁜 일은 없었지. 그런데 엄마는 달랐어. 이번에는 포기하고 싶다고 완고하게 말하는 거야."

"왜요? 엄마, 이웃 애들도 귀여워할 정도로 아이를 좋아하는데."

"엄마 말로는 아이를 만드는 건 나중에도 할 수 있지만,

셋이서 시간을 보낼 수 있는 건 지금밖에 없다는 거야. 어린 너를 데리고 공원에서 놀기도 하고 여기저기 여행도 다니고. 그런 날들이 막 시작됐으니 더 소중히 여겨야 한다고 했어."

도저히 이해되지 않아서 나는 입을 다물었다. 세 사람이든 네 사람이든 가족인 건 변함이 없다. 요컨대, 하고 아빠가 설명을 덧붙였다.

"지금 여기에서 새로운 가족 구성원이 생기면 팀워크가 깨진다고 생각하지 않았을까. 엄마는 그래 봬도 체육계여서 묘한 순간에 진지하고 융통성이 없거든."

아빠가 희미하게 웃었다. 팀워크. 새로운 가족 구성원. 아기를 상대로 그런 말을 하는 것이 아빠다웠다. 하지만 나는 솔직하게 웃을 수가 없었다.

"그거, 엄마가 새엄마란 것과 관계있을까요. 그래서 나를 배려하는 걸까요."

새엄마. 한 번도 소리 내어 말해본 적 없는 말을 하고 나니 까슬까슬한 쓴맛이 혀에 남았다.

내 탓? 내 존재가 태어날 생명의 싹을 묻은 건가.

"오해하지 마."

아빠가 분위기를 추스르듯이 말했다. 나는 밖을 보았다. 창밖이 점점 어두워져가고 있다.

"친딸이 아닌 츠바메가 시샘하겠지, 하는 문제가 아냐. 이혼으로 어수선했던 분위기가 겨우 안정됐을 때이기도 했고 말이야. 지금 눈앞에 있는 것이 몹시 소중하게 느껴졌고, 조금이라도 그 모양이 바뀌는 게 싫었던 거지. 기껏 생긴 생명인데 물론 슬프지. 그러나 그만큼 보물을 지키고 싶었던 거야. 아빠도 그 마음은 아프리만치 이해가 됐단다."

그렇지만, 하고 아빠는 계속했다. 먼 옛날 일을 떠올리는 듯한 눈빛으로.

"아빠도 그걸 충분히 이해하고 엄마가 하고 싶은 대로 하라고 해야겠다고 마음먹었을 때였어. 엄마가 아무 말도 하지 않고 혼자 멋대로 병원에 가버린 거야. 놀랐고, 무엇보다 슬펐어. 아빠를 믿어주지 않는 것 같아서. 그 후 한동안 두 사람 사이가 삐걱거렸지. 지금이니까 말하는데, 이혼 얘기까지 나왔을 정도야. 힘들게 산 집도 팔아버리고 다른 곳으로 이사 가려고 동네를 둘러보았던 시기도 있어."

생각난다. 아빠와 하던 산책. 아침 이슬의 신선함. 저녁 놀 지는 시간에 골목길을 떠돌던 냄새.

아빠와 엄마 사이가 좋지 않아서였던가. 그때, 모든 것이 원만히 수습되지 않았더라면 우리는 동네 월셋집으로 이사했을지도 모른다. 이번에야말로 아빠와 나 둘이서. 아무것도 모른 채 큰 손을 꼭 잡고 걷는 어린 내가 머리를 스쳤다.

"지금 생각해보니 아빠도 엄마도 잘 살려는 의욕이 너무 지나쳤던 것 같아. 상대방에게뿐만 아니라 이상적인 가정이란 것에 기대가 컸는지도 몰라. 신혼이었기도 하고."

"지금도 의욕과 근성이 대단해요. 엄마랑 아빠."

"그런가? 그래도 엄마 쪽이 훨씬 노력하고 있을지도 몰라. 이 결혼은 어차피 잘 안 될 거라고 아빠가 자포자기해서 약해져도 절대 포기하지 않았으니까."

"아빠, 자포자기한 적 있어요?"

말을 자르자, 아빠는 민망한 듯이 고개를 끄덕였다. 나는 아빠의 이런 점을 좋아한다.

"너희 친엄마가 도망갔을 때는 정말 심했어. 너를 할머

179

니한테 맡기고 맨날 동료와 술 마시고 돌아다녔지, 회사 일은 소홀히 했지, 엉망이었단다. 그러잖아도 몇 푼 못 받는 월급쟁이가 한심하기 이를 데 없었지. 최악이었어. 그런 남자를 엄마는 다정하게 대해준 거야."

"상처 입은 남자가 멋있어 보였나. 몇 푼 못 받는 월급쟁이여도."

말하면서 나는 떠올렸다. 옥상에서 힘없이 있던 도오루의 옆얼굴. 가슴이 메는 느낌이 들었다.

"그런 것도 있겠지만, 엄마가 특이한 사람이었어. 그렇지 않다면 동정만으로 마누라한테 버림받고 혹까지 딸린 남자한테 오고 싶다고 하겠니."

혹? 묻는 내게 아빠는 쓴웃음을 지었다.

"귀여운 혹이었지."

의심했었다. 전처에게 버림받은 아빠는 전격 재혼을 하고 집까지 샀다. 그것은 '자포자기'해서가 아닐까 하고. 아빠는 약한 구석이 있는 사람이니까.

"나는 운이 좋구나, 생각했어. 이런 남자에게 예쁘고 젊은 아내가 와서 아이까지 키워주겠다고 하잖아. 좀 제멋대로고 낭비벽 같은 게 있더라도 봐줘야겠다고 생각했을 정도야. 실제로는 둘 다 아니었지만 말이야. 솔직히 말하면 엄마가 아빠한테 와준 건 그 혹이 이유이기도 해."

"엥, 나?"

얘기의 흐름을 파악하지 못하는 내게 아빠는 빙그레 웃으며 끄덕였다.

"그럼. 엄마는 너한테 첫눈에 반했대. 이렇게 사랑스러운 딸과 남편을 한꺼번에 얻다니 행운이라고 생각했대. 10개월이나 무거운 배로 다니지 않아도 되고, 출산의 고통 하나 없이 꿈에 그리던 가족이 생겼다고 말이야. 그래서 열렬한 프러포즈를 받았지."

"엄마…… 대단하네." 나는 감탄인지 뭔지 모를 한숨을 쉬었다.

"엄마는 제멋대로이지도 않고 낭비벽도 없었지만, 좀 성격이 급했어. 용감하기도 하고. 실은 너희 친엄마, 에리코가 너를 데려가고 싶다고 한 적이 있단다. 아빠는 물론 거절했지만, 엄마는 더 엄청난 기세로 거절했어. 우리에게서 딸을 빼앗는다면 당신 남자 친구를 유혹하거나, 식칼을 들고 전시장에 찾아갈 텐데 괜찮겠어요? 하고 협박하더라. 마침 에리코가 서예전을 열고 있다는 걸 조사했던 거지. 이야, 내 아내지만 간담이 서늘했다."

온화한 엄마에게 그런 모습은 상상할 수 없었다. 생생해야 할 아빠의 이야기는 영화 줄거리처럼 현실감이 없다. 파란만장한 가족 드라마를 나는 미처 보지 못했구나, 하는 건 알았다. 생각하니 유쾌하다는 듯이 키득거리는 아빠를 보다가 나도 모르게 이런 말이 불쑥 나왔다.

소중히 할게, 나는 아빠의 눈을 보며 말했다.

"나, 태어날 아기가 여동생인지 남동생인지 모르지만, 소중히 할게. 훌륭한 가족 구성원이 될 수 있도록, 일진이 돼서 학교 중퇴하지 않도록, 내가 선배로서 잘 돌볼게."

"믿을게, 언니."

아빠가 아주 진지한 얼굴로 끄덕이는 어깨 너머로 빗방울이 투둑투둑 창을 두드렸다. 빗발은 금세 강해졌다.

베란다에 울리는 엄청난 물소리를 들으면서 뭐지, 하고 나는 생각했다.

완벽해 보였던 우리 가족의 태피스트리. 처음에는 기쁨뿐이었다. 공동 작업에 완벽히 참여했다고 생각했지만, 나는 아직도 한참 병아리였다. 가족도를 짜는 데 도움이 되지 않았다. 낙숫물로 뒤덮인 지붕 아래, 나는 깨달았다. 나도 모르는 사이에 보호받아온 나 자신을.

비는 거짓말처럼 순식간에 그쳤다. 샌들을 신고 밖으로 나왔다. 무작정 걷고 싶었다. 마코토를 찾기 위해서가 아니라 지금은 그저 하염없이 걷고 싶었다.

새롭고 작은 생명이 가족에 합류한다. 그 광경을 떠올리다 보니, 뭔가 말로 표현할 수 없는 기분이 밀려들었다. 성가실 것 같기도 하고, 그러면서 아주 즐거운 일이 기다리고 있을 것 같기도 하고. 좀처럼 진정되지 않는 가슴으로 노을 지는 거리를 걸었다.

주위에 익숙한 것들이 없어져가는 주택가를 계속 걸어갔다. 붉은색이 언뜻 비친 느낌이 들어서 번쩍 고개를 들면 도자기 기와가 아니라 금속 지붕이었다. 선홍색 지붕 자체가 좀처럼 없다. 그 사실을 깨달은 것은 걷기 시작한 첫날이다.

동네는 신기하다. 모퉁이를 돌면 무엇이 있을까. 뜻밖의 것을 발견할지도 모른다. 마음이 앞서서 모르는 동네 끝까지 걸을 수 있을 것 같았다.

문득 발견한 아동복 가게의 진열장을 들여다보았다. 농담처럼 조그마한 실크 신발을 보고 있으니 뭔가가 가슴에 싹트기 시작했다. 뭉쳐진 그것은 슬금슬금 가슴을 점령해갔다. 유리 너머에 작은 꽃무늬 옷을 입은 아기 인형이 웃고 있다.

친엄마 얘기. 의외였다. 나를 두고 집을 나간 사람이 나를 되찾으러 왔다니. 되찾다니 눈앞에 있는 인형에게나 쓰는 말이다.

알고 있다. 딸에게 확인하지도 않고 친엄마를 내 인생에서 내쫓은 것은 엄마와 아빠의 애정이었다. 그래도 뭔가 그들이 정정당당하지 않은 기분이 든다.

내게 선택할 여지가 있다면 어떻게 했을까. 엄마(와 그 애인?)를 따라가서 지금처럼 태평스럽게 남의 손자 찾기나 할 환경은 아니었을지도 모른다.

그 사람은, 친엄마는 어떤 기분이었을까. 나를 그리워했을까. 그러나 그 이후에도 만나려고 마음만 먹으면 어떤 방법을 써서라도 만날 수 있었다. 그러니까 분명 포기한 것이다.

……사람에게 포기당하다니, 뭔가 허무하네.

뒤섞인 감정에서 벗어나기 위해 가게 문을 밀었다. 손바닥에 올려놓을 수 있을 만큼 작고 하얀 양말을 사서 밖으로 나왔다. 비가 그친 젖은 지붕이 초저녁 빛을 받아 번쩍거려 눈이 부셨다.

여름방학이 끝나기 전에 마코토를 찾으면 좋겠다. 문득 그런 생각이 간절하게 들었다.

별 할머니가 잃어버린 손자를 다시 만났으면 좋겠다. 아무도 방해하지 않으면 좋겠다.

"그래서 너는 엄마를 만나지 못하게 한 부모를 원망하는 거냐?"

별 할머니는 살짝 빈정거림을 담아서 나를 보았다.

일단 집에 돌아왔다가 샤워하고 수묵화 수업을 마친 뒤, 옥상에 올라갔다. 아직 약간 촉촉한 머리칼을 스치는 바람이 시원하다. 나는 힘을 주어 말했다.

"원망하지 않아요. 그냥 정정당당하지 않은 것 같은 생각이 들었을 뿐."

"뭐야, 그 정정당당은."

"그러니까 음, 공평하지 않다는 거죠. 이기적이에요, 우리 엄마랑 아빠."

익숙하지 않은 말을 한 순간, 내 말투의 냉기에 가슴이 서늘해졌다. 아니, 초저녁부터 어딘가 서늘했던 기분이 아직 덜 씻겨나간 것이다.

"그런 건 알아. 그러니까 어째서 공평하지 않다고 생각하느냐고, 너는."

"그야 친엄마는 나를 만나고 싶어 했잖아요. 그건 내 문제고요. 아무리 내가 어리다고 해도 한마디 해줘야 하는 거 아닌가요."

"아, 건방진 소리 하고 있네."

별 할머니는 내 생각에 코웃음을 쳤다.

"아직 어린 녀석이 뭘 안다고. 그랬더라면 젖 주던 엄마를 따라갈 게 뻔하잖아. 그 뒤에 또 버려지는 건 불 보듯 뻔하고."

"그런 건 몰라요. 그래도 말이에요, 난 한번 만나기라도 해보고 싶었을 것 같아요. 결국 그 후 아무 연락도 없고, 뭔가 나를 포기한 것 같지만요."

원망가歌……. 별 할머니가 묘한 리듬을 붙여서 노래하듯이 키득거렸다. 나는 화가 났다.

"원망하는 게 아니라니까요!"

그날 밤의 나는 사소한 일에도 짜증이 났다. 아무리 열심히 그려도 그림이 잘 그려지지 않은 탓도 있다. 별 할머니의 얼굴도 눈에 띄게 야위고 지쳐 보였다.

"그럼 왜 여기 와서 투덜투덜 불평하는 거냐. 삐딱한 짓도 적당히 해. 애초에 모든 걸 너무 미화해, 너는. 가족은 이래야 하고, 짝사랑하는 녀석은 이래야 하고. 네 멋대로 이상을 갖다 붙인 그 사람들 마음도 돼 보라고."

정말로 나는 무엇을 바라는 걸까. 멀리 지나간 시간. 되찾아도 소용없는 일을 인제 와서 어떻게 하고 싶은 걸까.

"게다가 네가 뭘 안다는 거냐. 너는 착한 아빠가 하는 말을 곧이곧대로 믿었지. 하지만 말이다, 엄마가 너를 두 번 다시 만나지 않겠다고 했는지 어쨌는지 어떻게 아냐?"

나는 입을 꾹 다물었다. 그럴 수도 있다. 멀어져갈수록 상상 속의 엄마는 자유롭게 반짝이며 질투와 동경을 안겨준다. 지금 있는 가족에게 완벽함을 원하는 것은 나 자신일지도 모른다. 거봐라, 이겼다고 의기양양해하는 별 할머니의 목소리.

"어차피 너는 꼬맹이란 소리. 아무것도 모르고 이거 갖고 싶어 저거 갖고 싶어, 하는 것뿐이고. 그 주제에 지금 가진 건 잃고 싶지 않아서 아무것도 안 하지. 캬, 착한 척하는 애새끼는 역겨워."

"그렇게 남을 비웃으면 즐거워요?" 나는 낮은 목소리
로 물었다.

"우리 할머니도 아니면서. 별 할머니도 그러니까 미움
받아서 딸이 어딘가로 가버렸잖아요. 손자도 만나지 못
하고."

말한 뒤, 아차 했다. 하지만 피차일반이다. 별 할머니는
내게 화를 내지 않았다. 본 적 없을 만큼 냉담한 눈길로
나를 응시했다. 경멸당했다.

갈래요. 단호히 내뱉고 나는 발걸음을 돌렸다.

그 바람에 아까 별 할머니에게 보여주어서 웃음을 샀
던 수묵화가 떨어져 발밑에서 펄럭였다. 가로수 너머로
이어지는 지붕들을 그린 그림. 흑백의 풍경은 진부한 적
목 더미로 보였다.

그날 밤, 엄마가 일찌감치 잠자리에 드는 것을 지켜보
고, 아빠한테 심문하듯이 물었다. 정말로 친엄마는 그 후
로 나를 만나러 오지 않았는지.

한동안 입을 다물고 있던 아빠는 포기하듯이 말했다.

왔어, 하고.

"네가 초등학생이 됐을 때와 중학교 입학했을 때. 전화가 왔어. 축하하게 해달라고."

"그래서?" 신중하게 아빠를 바라보았다.

"그냥 내버려두라고 했어. 몰래 만나지도 말아달라고 했어."

아빠의 어딘가 켕기는 듯한 목소리. 몸속에서 감정이 뒹굴다 가슴을 막는 기분이 들었다. 화를 내야 할지 감사해야 할지 갈피를 잡을 수 없었다.

"다들 거짓말쟁이야."

조그맣게 웃음을 흘리고 그 말만 한 뒤, 나는 일어섰다.

천천히 올라가는 계단 끝. 열어놓은 창으로 생물의 눈같은 반달이 보였다. 오늘 산 아기 양말을 쓰레기통에 버렸다가 생각을 고쳐먹고 다시 서랍에 넣었다. 모든 것의 뒷맛이 너무나 씁쓸했다.

도오루의 병원을 방문한 것은 다음 날이다.

누군가와 이어져 있고 싶었다. 하지만 정신을 차리고 보니 나는 누구와도 이어져 있지 않은 것 같았다. 그래도 만나고 싶은 사람은 있다. 그렇게 확신했을 때 저절로 다리가 병원으로 향했다.

"우리 엄마한테 아기가 생겼어."

되도록 밝은 목소리로 말하자, 도오루는 "츠바메도 드디어 언니가 되는 거야?" 하고 기뻐해주었다. 그러고는 웃으며 덧붙였다. 형제가 있으면 좋아. 성가신 일도 있긴 하지만.

……그 성가신 일 때문에 도오루는 지금 이곳에 있다.

도오루가 매점에서 사준 아이스크림을 먹으면서 안뜰긴 의자에 앉았다. 쑥스러워서 옥상은 피하고 싶었는데 다행이었다. 친엄마에 관한 요즘 내 복잡한 마음은 말하지 않았다. 남의 집 골치 아픈 얘기, 지금의 도오루는 듣고 싶지 않을 테니까. 대신 별 할머니 이야기를 조금 해주었다.

"츠바메가 그런 특이한 할머니와 우연히 만나게 된 것도 재미있지만, 대등하게 싸우는 것도 대단한걸."

도오루가 재미있다는 듯이 말했다. 익숙한 웃는 얼굴. 반가운 사람을 만난 기분이 들었다.

"별 할머니, 아, 그 할머니한테 내가 붙여준 별명이야. 암튼 밀도 엄청 심하게 해. 남의 인격을 존중하지 않아."

성난 얼굴로 대답하면서 떠올렸다. 별 할머니의 수많은 폭언. 지금 생각해도 얄밉다. 왜일까. 나는 예전부터 별로 감정을 드러내지 않는 편이다. 레이코나 오쿠놋치와 말싸움조차 한 적 없다. 그런데 별 할머니 앞에서는 분개하고 놀라고 울고 하느라 바쁘다. 그건 말이야, 도오루가 느릿하게 고개를 갸웃거렸다.

"츠바메가 그 사람을 이해하고 싶다고 생각하기 때문이 아닐까."

그럴지도 몰라. 나는 잠시 생각한 뒤, 중얼거렸다. 도오루 앞이라면 인정하고 싶지 않은 것도 순순히 인정하는 것이 신기하다. 긴 시간 바라보아온 사람에게 거짓말은 하고 싶지 않다.

"아마 그런가 봐. 친구나 부모와 싸우지 않는 것은 나와 가까운 곳에 있는 사람들이기 때문이라고 생각해. 별 할머니는 달라. 나와는 전혀 다른 장소에 있는데 왠지 마음이 쓰여."

"그 할머니를 좋아하는 거야, 분명히. 재미있는 사람인 모양이네."

"음, 그런 걸까."

간단히 대답할 수 없다. 늘 휘둘리고, 야단맞고, 성가시기 그지없다.

그래도 아주 싫어하진 않는 것 같다. 싫으면 옥상에 가지 않으면 된다. 별 할머니가 어디에 사는지조차 나는 모른다. 새삼스럽게 우리를 잇고 있는 것이 얼마나 부실한지를 생각했다.

"게다가 초괴짜야. 그 사람." 나는 비밀 얘기하듯이 목소리를 낮추었다.

"자기가 하늘을 날 수 있다고 우기는 거야. 치매 아닌지 몰라."

"정말로 날 수 있을지도 모르잖아, 그 사람은." 하고 도오루가 진지하게 말해서 한 방 먹은 기분이었다. 내가 어리다고 눈높이를 맞춰주는 거라면 슬프네.

"난다고 하면 말이지."

도오루는 다 먹은 아이스크림 컵을 뭉쳐서 가까운 쓰레기통에 던졌다. 명중이다. 아는 간호사인지 지나가다가 도오루를 보고 웃어주었다.

도오루의 모습은 이 장소에 친숙했다. 병원이라는 절대 따뜻하다고는 할 수 없는 공간. 하시만 노오루 자체는 어두운 그림자에 싸여 있지 않았다. 지금의 그에게 필요하고 소중한 장소. 그것뿐이다.

나는 내게 필요한 장소가 어디인지 눈을 부릅떠도 보이지 않는다.

"옛날에 읽은 책인데 기억에 남는 게 없어. 외국 작가가 쓴 아동문학이었을 텐데."

"아아, 판타지?" 묻자, 도오루는 그런가, 하고 고개를 갸웃거렸다.

"비행을 할 수 있는 소년이 주인공이었으니 장르로는 그렇겠네. 근데 그 아이는 자기가 난다는 사실을 재미있어하지 않고 숨겼어. 짐처럼 느꼈던 거지."

"흐음, 나라면 내가 난다는 사실만으로 기쁘겠는데."

"보통은 그렇게 생각할 거야. 나도 처음에는 좀 실망했어. 멋진 SF 모험소설이라고 기대했거든. 그런데 읽어나가다 보니 아, 그래서구나, 하고 소년의 마음이 이해되더라. 남들과 다른 능력을 갖춘 것은 자랑스럽기도 하지만, 괴로운 일도 있는 거였어. 능력을 살리지 못해서 우울해지기도 하고. 부럽기만 한 게 아니더라."

"알 것 같기도 하고."

고개를 끄덕이면서도 나는 우울한 비행소년이 부러
웠다. 특별한 힘을 가졌는데 배부른 소리 하네. 친엄마가
다시 머리를 스쳤다. 만난 적도 없는 친엄마는 내 속에서
'남들과 다른 재능'의 상징이다.

나를 낳은 그 사람은 상도 여러 번 받고, 개인전을 열고
화려한 세계에 살고 있다. 양조 회사 영업부에 있던 아빠
를 만난 것은 이미 서예가로 활약하던 엄마가 그 회사의
술 라벨을 의뢰받아서였다고 한다.

어째서 그런 사람이 평범한 아빠와 결혼했을까. 의아
해하는 내게 아빠는 설명해주었다.

"엄마가 라벨이 잘 그려지지 않는다고 몇 번이나 다시
그려 와서 많이 힘들어했어. 그 모습이 안쓰러워서 일개
회사원 주제에 나중은 생각하지 않고 다가갔지."

"뭐 그 얘기가 계기가 된 건 아니지만 말이지." 도오루
의 말에 정신을 차렸다.

"한 가지 특별한 재능이 있다는 건 멋지구나, 하고 막연
히 생각했어. 평범한 고등학생으로서. 그럴 때 블루그래
스를 만난 거야. 아, 이건가 싶었어."

"이제 하지 않을 거야?"

결정적인 질문을 하는 것이 무서웠지만 묻지 않을 수 없다.

"지금은 모르겠어." 도오루가 단호한 표정으로 고개를 저었다.

"일단 이것." 깁스로 고정한 다리를 탁탁 두드렸다.

"재활훈련 하기에 따라서 목발 없이 걸을 만큼 회복할지도 모른다고, 최근에 의사 선생님이 그러셨어. 지금은 눈앞의 일에 집중할 수밖에 없단다. 음악을 생각하는 건 그다음."

기쁨이라고도 안도라고도 할 수 없는 기분으로 금세 가슴이 부풀었다. 병동의 흰색 벽도, 쓰레기통에 버려진 오렌지 껍질도 갑자기 눈부시게 빛을 더하는 것 같다.

깁스에 사인펜으로 낙서한 튤립과 동그스름한 글씨에서 황급히 눈을 돌렸다.

"퇴원하면 말이야, 어디든 갈까. 같이."

도오루의 자연스러운 목소리가 귀에 천천히 흘러든다. 설령 팔꿈치 밴 여자 대신이라도 좋다. 귓속에 울리는 뜨거운 여운을 확인하면서 마음속으로 중얼거렸다.

별 할머니와는 그 후 얘기를 한 적이 없다. 분노는 사라졌지만, 왠지 얼굴 마주치기가 곤혹스러웠다. 서예 학원이 끝난 뒤에도 옥상에 가지 않고 그대로 돌아왔다.

대신은 아니지만, 동네 걷기 시간을 더 늘리기로 했다. 오후에만 나가는 게 아니라, 시원한 아침에도 집을 나왔다. 역 반대편과 이웃 역. 버스 정류장 세 개 정도로 구간을 확대했다. 하지만 별 할머니와 만나지 않은 채 일주일이 지나도 진전은 없었다.

겨우 발견한 선홍색 도자기 기와 집에서는 노부부가 정원 손질을 하고 있었다. 다른 한 집의 문패에는 부모와 딸 이름이 있었다. 산책 도중에 입덧이 심한 엄마 대신 장을 봐서 돌아오는 일도 많아졌다. 도시락 가게의 반찬, 연근과 닭가슴살. 고를 게 너무 많아서 헤매게 된다. 엄마는 입덧으로 밥 냄새에 헛구역질을 해서 가끔 저녁도 차렸다(아빠는 츠바메가 듬직해졌다고 기뻐했다).

평소에 전업주부는 한가하고 편하겠다고 생각했다. 그런데 간 보기 정도지만 직접 해보니 의외로 시간을 많이 뺏겼다. 밥물 맞추기. 그릇 깨지 않고 설거지하기. 예술가나 음악가에 비해 특별한 건 아니지만, 지긋지긋할 정도로 평범한 집안일을 하나하나 해낼 때마다 확실한 보람이 있다.

집안일과 동네 걷기. 여름방학 숙제와 학원. 하루의 끝이면 나는 순식간에 곯아떨어졌다.

길을 걷다 서점에서 어떤 것을 발견했다. 나카하라 슌이치의 일러스트 카드다.

전에 별 할머니가 젊은 시절에 좋아했던 순정소설과 화가 이야기를 해줄 때, 이 사람 이름을 말했던 게 생각났다. 요즘은 복고가 유행인지 이런 옛날 잡지나 그림책 복간판이 자주 눈에 띈다. 내게는 모든 게 신선하다.

갈래머리를 하고 소녀 잡지에 빠져 있는 별 할머니의 모습을 상상해보았다. 무리였다. 찡그린 얼굴에 깊은 주름을 새기며 종이 인형 놀이 하는 모습을 떠올렸다. 생각만 해도 웃음이 났다.

다음 날인 월요일 아침. 서예 학원 건물 입구로 들어가려고 할 때였다.

옆 빌딩과의 벽 틈에 기대선 별 할머니를 발견했다. 나를 보고도 표정 하나 바꾸지 않고 시선만 내 쪽을 향했다. 나를 기다린 건 분명한데 모르는 척할 셈인 것 같다. 나는 한숨을 쉬고 별 할머니 옆으로 다가갔다. 내가 먼저 말을 걸긴 싫었지만, 와준 건 할머니 쪽이다.

별 할머니를 알기 전에는 혼자 학원에 와서 혼자 옥상에 올라갔다. 그 시간이 좋았는데, 지금은 옥상과 별 할머니는 세트가 되었다. 어느 한쪽이 빠지면 균형이 맞지 않는 시소처럼 불안하다.

서예 도구가 든 가방에서 나카하라 슌이치의 카드를 꺼냈다. 눈이 왕방울만 한 여자아이가 어른스럽고 건방진 자세로 있는 그림 카드.

이거요. 얇은 종이봉투에서 꺼내 별 할머니에게 내밀었다. 들고 다닌 탓인지 봉투 모서리가 조금 꺾였지만, 내용물은 무사했다.

"뭐야." 무뚝뚝하게 받아 든 별 할머니는 금세 표정이 바뀌었다.

"오, 반가워라. 나카하라 선생님 그림이잖아. 어디서 찾았냐?"

긴장하여 선생님이라고 부르는 별 할머니가 웃겼다.

"주는 거냐?"

"줄게요."

별 할머니가 내 손에서 종이봉투를 낚아채더니 공손하

게 카드를 다시 담아 가죽 주머니에 조심스럽게 넣었다.

"잠깐 좀 보자."

별 할머니는 퉁명스럽게 말하고 바로 걸어가려고 했다. 나는 황급히 불렀다.

"그렇지만 나 지금부터 학원이에요."

"어차피 늘지도 않는 실력. 하루쯤 땡땡이친다고 달라지지 않아. 아, 오늘 저녁은 푹푹 찌네. 빙수라도 사줘."

"헐. 학원비 꼬박꼬박 내고 있다고요. 선생님한테 연락도 안 하고 가지 않으면……."

"그런 게 너의 한심한 점이야. 오늘이 없어도 다음이 있잖아. 그다음도 있고. 그리고 한번 떨어져보면 그 사람이 얼마나 소중한지 아는 법."

빠르게 단언하더니 별 할머니는 저벅저벅 먼저 걸어갔다. 하여간 자기 멋대로라니까. 그 등에 대고 투덜거리며 나도 할 수 없이 뒤를 따라갔다.

"나카하라 선생님 그림은 말이야, 정통파 순결한 여성이야. 요즘 같은 날라리하고는 달라."

"그럼 남자 친구도 없는 순정파?"

"아니, 아니. 그런 건 몰라. 젊은 여성의 세계는 저래 뵈도 깊이가 있으니까."

컵의 얼음을 나무 숟가락으로 떠먹으면서 우리는 시시한 얘기를 하며 걸었다. 저물기 시작한 하늘이 창백하다. 달짝지근한 얼음의 레몬 맛은 평소보다 밍밍해서 여름의 끝이 다가왔음을 알렸다.

"좋은 밤이네. 가을이 그림자 속에 숨어 있어."

순정소설을 읽은 영향으로 이따금 별 할머니는 소녀 같은 말을 한다. 나는 내 뒤를 돌아보았다. 나란히 길게 뻗은 두 그림자. 공기에 흩어지는 오렌지색 입자 탓인지 윤곽이 부드러워 보였다. 별 할머니는 지금부터 지붕 찾기를 할 생각인 걸까.

"어디 가요? 곧 어두워져서 이렇게 걸어도 기와 색은 잘 안 보일 텐데요?"

그런 걱정은 필요 없어. 지나쳐 온 잔술 자동판매기를 흘끗 탐나는 듯이 돌아보며, 별 할머니가 말했다. 그러고 보니 별 할머니가 술을 마시는 것은 본 적이 없다.

"기껏 이렇게 걷고 있는데."

말하면서 통통 부은 장딴지 근육이 아팠다. 요즘 아침저녁으로 계속 걸은 탓이다. 하지만 별 할머니를 위해 그렇게까지 하고 있다는 고백은 하고 싶지 않았다. 빠른 걸음에 보조를 맞춰서 투덜투덜 걷는 나를 전혀 신경 쓰지 않는 모습이다.

앞을 보면서 별 할머니는 말했다.

"알았어."

"네?" 엉겁결에 걸음을 멈추고 되물었다. 저녁 무렵 특유의 시끌한 기운이 골목길을 감쌌다.

"마코토가 사는 곳을 알았다고."

별 할머니의 까슬까슬한 목소리가 연보랏빛 공기가 떨리도록 선명하게 울렸다.

10

발견

가로등 불빛이 켜지기 시작한 길을 우리는 묵묵히 걸었
다. 이따금 자전거가 벨을 울리며 나와 별 할머니 사이를
지나갔다. 회사원이 아이에게 줄 선물인 듯 장난감 꾸러
미를 흔들며 걸어갔다. 모두 안식처로 돌아가는 시간.

별 할머니의 걸음이 느려졌다. 서쪽 하늘에 남은 노을
이 진한 감색에 빨려들 즈음이었다.

"왜 그래요?"

갑자기 멈춰 선 별 할머니에게 물었다. 별 할머니는 나
를 바라보았다.

아주 멍한, 초점 없는 눈이다. 이런 눈, 어딘가에서 본

적 있다.

그래. 정처 없이 상점가를 돌아다니던 이즈미를 우연히 마주쳤을 때의 눈과 똑 닮았다. 나를 처음 본 생물처럼 신기한 얼굴로 바라보았다. 어느 집 정원에선가 힘없이 벌레 우는 소리가 들렸다.

"역시 그만둘까. 아무래도 마음이 내키지 않네."

이윽고 중얼거리듯이 말하는 별 할머니를 보고 나는 불만스러운 목소리로 나무랐다.

"에이. 뭐예요, 그게."

이렇게 실컷 걸어놓고 그만둘 수는 없다. 장딴지도 발목도 이미 너무 걸어서 퉁퉁 부었다. 말도 안 된다, 여기까지 와서. 가요, 알겠죠? 기껏 왔으니까. 나무라기도 하고 달래기도 했지만, 별 할머니는 눈앞의 울타리에 털썩 앉아버렸다.

"아아, 혹시 마코토네 집 찾았다는 것 거짓말? 날 또 속인 거죠."

"퀙." 별 할머니는 어처구니없다는 얼굴로 헛기침했다.

"당치도 않은 소리 하지 마. 언제 내가 너를 속인 적 있냐? 애초에 속일 거면 뭐 하러 같이 걷겠냐. 긴 인생에서 이렇게 많이 걸은 적 없다고. 이제 팔다리도 못 써. 연약한 노인네를 괴롭히면 즐겁냐."

별 할머니는 쫑알쫑알 투덜거리면서 그 자리에서 꼼짝도 하지 않으려고 했다. 나는 한숨을 쉬고 주위를 둘러보았다. 공기에 서늘한 냄새가 배어든다. 강이 가까운 탓이리라.

그러고 보니 강가의 이 부근까지 걸어온 적은 없었다. 함석지붕이나 단층집이 많은 소박한 주택가. 담장도 블록이나 펜스가 아니라 관목으로 만든 울타리가 많은 오래된 지역이다. 어째선지 마코토네 집은 동네에서 가까운 깨끗한 신흥 주택가일 거라고 단정하고 있었다.

"잠깐만요오. 별 할머니도 참."

나는 난감해하며 남의 집 앞에 주저앉은 별 할머니를 내려다보았다.

울타리를 따라 복잡하게 놓인 화분과 좁고 가느다란 플랜터. 그사이에 묻히듯이 쪼그리고 앉은 별 할머니가 나를 휙 올려다보았다.

"넌 말이다, 혼이란 걸 믿냐."

"……뭐예요, 갑자기. 그거 무서운 이야기?"

솔직히 나는 무서운 이야기나 괴담류에 극히 약하다. 수학여행에서 누군가가 그런 얘길 꺼내려 하면, 손가락으로 귀를 막고 랄랄라랄, 하고 노래 부를 정도로.

"혼이 무섭고 귀엽고 할 게 뭐 있어."

별 할머니는 무시하듯이 말하고 옆에 앉으라고 턱으로 재촉했다. 할 수 없다. 잠시 얘기를 들어주자, 하고 나도 플랜터 옆에 앉았다. 이 집 사람이 나오지 않기를 기도하면서. 발밑에서 푸릇한 풀꽃 향이 훅 피어올랐다.

"난 말이다." 별 할머니가 말을 꺼냈다. 남의 집 관목인데 멋대로 잎을 뜯고 있다.

"젊을 때부터 혼이니 영이니 하는 얘기는 실없는 소리 같아서 흥미가 없었는데 말이다."

"별 할머닌 먹는 것밖에 관심이 없긴 하죠."

빈정거리는 나를 별 할머니가 찌릿 노려보았다. 아이가 자전거를 타고 앞을 지나갔지만, 귀가를 서두르는 길인지 우리는 보지 않았다. 안도하는 내게 별 할머니가 계속 말했다.

"근데 골치 아프게도 말이지. 혼은 열매도 있고 꽃도 있더라고."

"꽃?"

"그래, 살아 있는 동안이 꽃이야. 몸이란 그릇은, 그래, 이 화분 같은 거라고 할까. 화분에 꽃이 잘 피어 있는 동안은 평안하지. 싹을 틔우고 자라고 화려하고. 추억이란 열매도 만드는 게 살아가는 거야. 하지만 화분은 언젠가 이가 빠지거나 깨져서 못 쓰게 되지."

"별 할머니의 몸도 덜그럭거려요?"

"그야 완전 덜그럭거리지. 하지만 말이야, 그렇게 되면 사람, 욕심이 생겨. 이미 포기했던 것들도 마지막에는 봐두고 싶다, 먹어두고 싶다. 사람 욕심이 안타까울 정도로 끝이 없더라고. 뭐, 그게 산다는 것이겠지만."

"그래도요." 나는 별 할머니가 무슨 말을 하고 싶은지 모르는 채 말을 끼어들었다.

"손자를 만나는 건 조금도 욕심이 아니라고 생각해요."

츠바메는 착한 아이네. 별 할머니는 가느다란 손목을 들고 손바닥을 내 머리에 턱 올렸다. 별 할머니에게 칭찬받는 것도 그렇게 쓰다듬어주는 것도 처음이었다.

머리칼 위에 남은 가볍지만, 힘이 담긴 감촉에 왠지 조금 쓸쓸해졌다.

"하지만 말이다, 혼은 잔혹한 짓도 해. 혼이 담긴 그릇이 약해졌을 때 와서, 사랑하는 이들이 필요 없어 한다는 걸 인정한 시점에서 찌리리링 벨이 울리며 타임아웃이야. 저세상에서 바로 마중을 오지. 다음에, 하는 거지."

"다음이라니요. 혼이 다시 태어나서 다른 그릇에 들어간다는 말?"

뉴에이지를 좋아하는 수묵화 교실의 여성 회사원이 톤 높은 소리로 하던 얘기가 떠올랐다.

"뭐 그런 거겠지. 거기까지는 박식한 나도 잘 모르겠는걸. 아직 죽은 적도 없고 다른 혼에게 체험을 들은 적도 없으니까."

말했잖아. 영양가 없는 소리는 먹지 못해서 싫어한다고. 별 할머니가 히죽 웃었다.

나는 초조해졌다. 이렇게 혼 이야기 따위로 얼버무리며 길바닥에 앉은 채 밤을 새울 것 같은 기분이 들었다. 플랜터의 짙은 초록이 옅은 어둠에 스며들기 시작했다.

가요. 나는 이야기를 가로막고 일어섰다. 별 할머니도 체념했는지 마지못해 따라 섰다.

그 집 가까이 왔을 때 걸음을 멈춘 것은 내 쪽이었다. 가로등에 부옇게 붉은 기와지붕이 떠올라서는 아니었다. 누구네 집인지 알 것 같아서다.

아까부터 이 일대 골목이 이상하게 낯익다는 생각이 들었다.

좁은 길. 전봇대에 붙은 낡은 전당포 간판. 나를 따라 하듯이 별 할머니도 골목길 모퉁이에서 멈춰 섰다. 태엽이 다 된 인형처럼 걸음을 딱 멈추었다.

"아, 이럴까. 여기까지 온 것만으로 오늘은 됐다고 치자."

양손을 내리고 우두커니 선 채 영문 모를 소리를 중얼거렸다.

"잠깐만요. 여기서 움직이지 말아 봐요."

나는 다짐을 시키고 조심조심 목적한 집에 가까이 갔다. 문패를 본 순간, 앗 하고 놀랐다. 역시다. 그곳은······ 그 선홍색 지붕의 아담한 목조 집은 사사가와의 집이었다. 작년에 우리가 사귀었던 짧은 여름. 딱 한 번 그를 따라온 적이 있다.

의문이 가슴속에 맹렬한 속도로 소용돌이쳤다. 이곳에

별 할머니의 손자가 있다니, 무언가 착각이다. 부정하려고 한 순간, 또 하나의 사실이 생각났다. 사사가와의 이름이 마코토라는 것. 한편으로 별 할머니의 손자가 언제까지나 어린 마코토일 리가 없다는 것도 깨달았다.

골목 너머에서 무서운 비현실감이 거칠게 흘러오는 기분이 들었다.

망연자실해서 별 할머니 쪽을 돌아보았다. 전봇대 그늘에 녹아들듯이 서 있는 별 할머니의 실루엣이 쉿 하고 검지를 입에 대고 있다. 어쩌라는 거지.

다음 행동을 정하지 못하고 우뚝 선 내 앞에서 갑자기 현관문이 거칠게 열렸다.

심장이 멈출 만큼 깜짝 놀랐다. 나온 사람은 사사가와였다.

"뭐…… 뭐 하는 거야, 너."

어리둥절한 얼굴로 먼저 말문을 연 것은 사사가와 쪽이다. 어깨에 멘 커다란 백팩에서 화려한 무늬가 그려진 스케이트보드가 빼꼼 비어져 나와 있다. 이런 시간에 놀러 가는 걸까.

"어, 저기."

다음 말이 나오지 않았다. 이런 전개가 될 줄 누가 예상하겠는가.

사사가와가 그대로 입을 다물어버린 나를 수상하다는 듯이 바라보며 말했다.

"상태, 보러 온 거냐?"

"상태라니?" 무슨 말인지 몰라서 얼빠진 목소리가 새어 나왔다.

"학교에서 시킨 거 아냐? 술 처먹고 근신 중인 대책 없는 양아치 새끼 상태를 보러 가라고."

사사와가는 성가시다는 듯이 오렌지색 브릿지를 넣은 앞머리를 쓸어 올리며 말했다. 아하, 이해한 뒤에야 나는 아냐, 아냐, 하고 고개를 저었다. 그러고 보니 마유코가 그런 얘기를 했지, 기억을 떠올리면서. 하지만 사사가와가 수업 중에 술을 마시든 싸움하든 지금 나하고는 관계없다. 그러고 보니 그때 그런 말도 들었네.

"너는 항상 나하고는 관계없습니다, 하는 얼굴이네. 강 건너 불구경하는 느낌?"

강 건너 불구경이란 말, 공부를 싫어하는 사사가와가 어떻게 알았을까.

"음, 어, 그러니까." 나는 횡설수설하면서 둘러댈 말을 찾았다.

"내가 온 건 그런 게 아니라."

"그럼, 뭐? 다시 사이좋게 지내고 싶다고? 그런 거라면 나는 대환영."

경박스럽게 얼굴을 구긴 사사가와가 내 목에 팔을 감으려고 했다. 가까워진 얼굴에서 담배 냄새가 났다. 반사적으로 가슴을 밀어젖힌 탓에 사사가와는 순간 비틀거리다 현관 기둥에 팔을 부딪혔다. 그럼 뭐야. 내뱉듯이 말하는 사사가와의 험악한 눈동자.

오싹했다. 이런 아이와 사귀었다니. 작년 여름이 아득히 멀리 느껴졌다.

"너도 그거야? 임원 계집애들처럼 친절하게 노트라도 갖고 온 거야? 나를 봐서라도 마음을 바로잡아줘, 이런 거야? 왕짜증 난다. 그런 거, 해주지도 않으면서."

꽁꽁 묶인 듯이 몸이 굳어졌다. 무서웠다. 사사가와의 시선에 꼼짝 못 했다기보다 그의 내부에서 살벌한 것이 흘러나오는 것 같아서. 자포자기한 어둠에 싸여 질식할 것 같아서. 사사가와만큼 공격적이진 않았지만, 나도 같은 시기가 있어서 안다. 나와 주위가 삐뚤삐뚤 어긋나는 느낌. 지금 사사가와도 뒤죽박죽인 단층을 감당하지 못하고 있을지도 모른다.

나는 침을 삼키고 되도록 밝은 목소리로 말했다.

"저기. 이상한 질문이지만, 너 할머니 계시니?"

뭐어? 뭐야, 갑자기. 사사가와가 허를 찔린 듯이 수상해하는 눈으로 보았다.

그러니까 말이야, 할머니가,까지 말했을 때 사사가와는 생각난 듯이 황급히 손목시계를 보았다. 전에 본 적 있는 지샥이다. 그는 손을 뻗어 문을 닫고 말했다.

"미안하지만 나, 약속이 있어. 아, 너도 갈래? 너 좀 괜찮아서 데리고 가면 선배한테 점수 좀 딸 텐데."

사사가와가 질 나쁜 고등학생 무리와 역 앞 번화가에 있더라는 소문은 들은 적이 있다. 잡혀간 것도 한두 번이 아닌 것 같다. 의무교육이 아니었다면 한참 전에 학교를 때려치웠을 것이다. 사사가와가 무엇에 반항하는지는 나도 모른다. 그런 것보다 눈앞의 수수께끼를 풀고 싶었다.

"사양할게. 그보다 대답해. 할머니 계셔?"

물러서는 내게 그는 나른한 목소리로 말했다. 없어, 그런 거.

검은 페인트가 벗겨지고 녹이 슨 문을 거칠게 열더니 사사가와는 저벅저벅 걸어가버렸다.

얼른 뒤를 쫓았다. 열려 있는 문을 닫고, 기다려, 하고 소리를 지르면서. 그 바람에 현관 옆에 둔 화분에 부딪힐 뻔해서 식겁했다. 몇 개 있는 화분은 하나같이 시든 화초만 남아 있다.

생각났다. 이 집에 처음 왔을 때도 감돌던 고요하면서 거친 공기. 묘하게 살풍경한 집. 집 안에 며칠째 널린 듯한 빨래. 따뜻하고 복작복작한 우리 집과는 너무 다른 분위기에 놀랐다.

그걸 알아차린 사실이 수치스러웠다.

"이봐."

옆에 나란히 걸으려고 하는 내게 사사가와는 아이를 타이르는 듯이 말했다.

"말해두지만, 우리 집에는 그런 성가신 가족은 절대 없어. 엄마는 걸핏하면 남자를 바꾸고, 돈 문제로 얽혀서 옥신각신하다 다른 사람으로 갈아타. 그 바람에 내 성도 매번 바뀌었지만. 할머니는커녕 내 아빠도 어디에 있는지 모른다고. 그래서 귀여운 외아들은 삐뚤어져서 불량스러운 길로 직진하지. 근데 사실 그건 부모 탓이 아니라 첫사랑한테 차인 탓입니다. 아, 나 왜 눈물이 나지. 훌쩍훌쩍."

사사가와는 종종걸음으로 걸어가면서 우는 척하는가 싶더니 나를 향해 휙 돌아섰다.

"이걸로 됐냐?"

빙그레 웃는 눈가에 익숙한 모습이 남아 있다. 내게 킥보드를 가리키면서 "어때, 재미있지?" 하고 물을 때의 웃는 얼굴. 가슴이 따끔따끔 쑤신다.

시간은 어째서 누구나 똑같은 모습으로 두지 않는 걸까. 우리는 어디로 가는 걸까.

"그렇지만 어딘가에 있지 않을까? 너희 할머니."

"끈질기네, 너도. 할망구한테 관심 없다고, 나."

지겹다는 얼굴로 어깨를 으쓱한 뒤, "그러고 보니." 하고 생각난 듯이 말했다.

"너희 집도 친엄마가 아니라고 했나. 혹시 엄마, 젊은 남자 만들어서 집 나간 거니? 혹시 그거, 너희 아빠랑 결혼하기 전부터 계획범죄였다거나. 그렇구나, 그래서 네 이름을 츠바메(제비)라고 지어준 건가. 불쌍하네."

혼자 이해했다는 듯이 끄덕거리는 사사가와의 히스테릭한 웃음소리를 들으면서 나는 필사적으로 쫓아갔다.

츠바메. 그 이름에 자유롭게 하늘을 나는 새 말고 다른 뜻이 있다는 것을 안 것은 최근이다. 시시한 농담으로 놀리는 남자의 얼굴과 내가 아는 사사가와의 얼굴. 저녁 어둠에 섞여서 이제 구별이 되지 않는다.

사사가와는 걸음을 우뚝 멈추고 귀찮다는 눈빛으로 나를 보았다. 웃음기가 싹 사라졌다.

"너, 짜증 나."

다시 걷기 시작하는 그를 더는 쫓아가지 않았다. 이 아이에게 내가 하는 말은 통하지 않는다. 그의 말도 나는 이해하지 못한다. 슬픔보다 포기의 기분이 씁쓸하게 끓어올랐다.

사사가와가 돌아보지도 않고 가버리자, 그제야 퍼뜩 정신이 들었다. 별 할머니가 서 있는 모퉁이를 지나쳤다는 사실을 깨달은 것이다. 황급히 뒤를 돌아보았다. 별 할머니는 모퉁이의 전봇대 아래에 쭈그리고 있었다. 안심했다. 도망친 줄 알았다.

하지만 누릇한 창의 불빛이 쏟아지는 길을 되돌아오다

215

가 문득 걸음을 멈추었다.

별 할머니는 울고 있었다.

소리를 내지 않으려고 꼭 쥔 천가방 끈을 입가에 대고.

가만히 다가가서 별 할머니 옆에 쭈그리고 앉았다. 잘게 들썩이는 어깨에 가만히 손을 올렸다. 얇은 어깨에서 삐걱거리는 뼛소리가 손바닥에 전해지는 것 같았다.

"사람을 잘못 본 것 같아요. 돌아가요."

나는 조그맣게 말했다. 별 할머니의 팔을 부축하며 천천히 일어섰다.

별 할머니의 얼굴은 보이지 않았다. 땅을 향해 고개를 직각으로 푹 숙인 채, 얼굴을 가리듯이 천가방을 들고 있다. 서늘한 바람에 라벤더색 잔머리가 팔랑팔랑 날렸다.

일어선 별 할머니의 패치워크 치마에서 무언가가 떨어졌다.

주워보니 엽서였다. 물속에 있는 상어 사진이 그려진 엽서. 엽서 끝에 수족관 이름이 인쇄돼 있다. 언젠가 같이 간 수족관이다. 이런 건 언제 샀을까. 정면을 향한 상어의 클로즈업은 뭔가 우스꽝스럽고 멍청해 보였다.

"자요."

하고 건네자 별 할머니는 여전히 고개를 숙인 채 재빨리 천가방에 넣었다.

누가 먼저랄 것도 없이 우리는 다시 역 앞으로 향했다. 이번에는 시간을 들여 천천히 걸었다. 역에 가까워질수록 흘러드는 상점가의 밤이 내뿜는 활기가 이유도 없이 나를 안심시켰다. 마치 비디오를 되감기 하는 것 같다.

오늘 밤 일은 없었던 걸로 치고 다시 지붕 찾기 출발점으로 돌아갔으면 좋겠다. 그런 생각을 하면서 멍하니 걸었다.

익숙한 서예 학원 건물, 부옇고 어두운 형광등 빛이 입구에서 새어 나온다. 벌써 서예 학원은 끝났을 시간이다. 천천히 계단을 올라가서 층계참에서 옥상으로 이어지는 문을 열자, 언제나처럼 밤하늘이 기다리고 있었다. 별 할머니는 괴로운 듯이 어깨로 숨을 쉬고 있다.

"너는…… 나를 죽일 생각이냐."

별 할머니가 언제나의 말투로 욕을 해서 나는 조금 안도했다.

"가끔은 좋잖아요. 건강에는 걷는 게 제일이래요."

"모든 일에는 한도란 게 있는 법이야. 요즘 어린 것들이 알 리가 없지."

거친 어조만은 여전했지만, 별 할머니의 얼굴을 본 나는 깜짝 놀랐다.

동그랗고 작은 눈에 서려 있던 강한 빛. 지금은 완전히 약해졌다. 몸째로 창백하게 스러지다 밤 속에 녹아들 것 같았다. 가는 머리칼은 이마에 붙고, 움푹 팬 눈 주위에는 어둠보다 어두운 그늘이 둘러싸고 있다. 나는 옅어진 별 할머니의 그림자를 못 본 척했다.

"저기요." 하고 굳어진 뺨에 경련을 일으키며, 나는 애써 웃는 얼굴로 불렀다.

"이제 마코토 찾기 그만둘 거라는 말, 하지 않을 거죠?"

언제나의 옥상. 언제나의 아담하고 평범한 이 동네의 야경. 그리고 하늘. 아니, 그렇지 않다.

하늘색도 구름 모양도 한 번도 같았던 적 없다. 별 할머니와 보는 풍경도 아이스크림 맛도 킥보드를 타면서 가르는 바람도. 언제나 설렐 정도로 변화가 있었다.

나는 두려웠다. 그 모든 것을 잃어버리는 게. 그렇다, 별 할머니에게서 마코토와 노는 꿈을 빼앗는다면 할머니가 어딘가로 사라질 것 같은 느낌이 들어서 두려웠다.

"너, 눈치챘냐?"

별 할머니는 내 물음을 무시하고 물었다.

"그 아이한테는 내가 보이지 않아."

부드러운 실크 같은 밤기운이 재색 콘크리트 위를 떠돌았다. 나는 난간에 기대고, 별 할머니는 손가락을 넣어 철책을 잡고서 밖을 보고 있었다.

"그러니까 그건 마코토가 아니라고요. 아니, 마코토는 마코토여도 별 할머니 손자와는……."

뭐, 됐어. 내 말을 가로막듯이 별 할머니는 작은 머리를 가로저었다.

나는 별 할머니의 옆얼굴을 보았다. 인정하고 싶지 않은 무언가가 기다리고 있는 것 같아서 심장박동이 빨라졌다.

"이제 피곤해서 지긋지긋해지던 참이기도 하고 말이야. 이걸로 후련해졌어. 걔가 마코토든 아니든 이제 집어치워, 관둬. 전부터 만날 마음은 없었다."

별 할머니가 하늘을 보면서 말했다. 자기한테 결단을 내리듯이 단호히.

"보이지 않다니 무슨 말이에요?"

항의하듯이 물었다. 왠지 모르겠지만, 이걸로 끝은 싫었다.

"별 할머니를 미처 보지 못했다는 뜻? 그렇다 해도 어쩔 수 없어요. 내가 끈질기게 말을 걸었고, 급히 어딜 가는 것 같았으니까. 누가 있어도 몰랐을 거예요."

해명하듯이 말을 거듭하면서 아까 별 할머니가 한 말을 떠올렸다.

'사랑하는 이들이 필요 없어 한다는 걸 인정한 시점에서 찌리리링 벨이 울리며 타임아웃이야.'

별 할머니, 영양가 없는 소리 싫어하잖아요. 그런 이상한 말 하지 말고, 평소처럼 바보 같은 얘기나 천박한 얘기로 웃겨줘요. 아 참, 배고프지 않아요? 편의점 도시락 쏠게요, 지금 같이 사러 가요. 술도 사도 돼요. 그런 말들을 머릿속에 차례로 늘어놓는데 별 할머니가 말했다.

"그만 됐다, 츠바메. 고맙다. 여러모로 신세를 져서 미안하다."

놀라서 별 할머니를 돌아보았다. 별 할머니가 고맙다고 하다니, 말도 안 돼.

어느새 나는 별 할머니의 거만함에 익숙해졌다.

킥보드 강의를 강요할 때도, 편의점 도시락을 사 달라고 할 때도, 지붕 찾기 경과를 보고했을 때도 고맙다는 말이라곤 들은 적 없다. 별 할머니는 감사도 하지 않고 욕도 하지 않았다. 항상 받는 게 당연하다는 얼굴로 척척 받아든다. 별 할머니의 혼이 내뿜는, 밤하늘에서 가장 밝은 별 같은 빛. 그 빛이 지금은 힘없이 깜빡거리는 듯이 보였다. 울트라맨의 램프처럼 깜빡깜빡. 에너지가 줄면 울트라맨은 울트라 별로 돌아가야만 한다.

그런데 대체 별 할머니는 어디로 돌아가는 거지.

"뭘요, 전혀." 나는 불안을 얼버무리듯이 차가운 목소리로 말하고 얼굴을 돌렸다.

"별 할머니답지 않아요. 고맙다는 말을 들으니 속이 울렁거리네. 뭔가 있나 하고."

"여전히 삐딱하네." 별 할머니의 가느다란 웃음소리.

"사람이 고마워하는 마음은 순수하게 받아들이라고 했을 텐데 말이야."

그러더니 지금까지 본 적 없을 만큼 진지한 얼굴로 나를 바라보았다.

"네가 말했지. 그때, 마코토 찾는 걸 돕겠다고 나를 설

득할 때. 상대가 어떤 상태이든 그때의 상대를 만난 것만으로 좋았다고 생각하자고."

묵묵히 끄덕였다. 도오루의 다양한 영상은 마음의 영사기 스위치를 ON으로만 해도 떠오른다. 그래도 그때는 그렇게 하지 않았다. 눈앞에 있는 별 할머니 눈동자의 그늘만 들여다보았다. 그곳에서 환상의 빛이라도 찾아낼 듯이 숨을 죽이고.

"마찬가지야." 별 할머니는 그제야 얼굴을 약간 펴고 말했다.

"네?"

"나도 얼마 전의 너와 같은 실수를 할 뻔했지. 멋대로 포기하고 진실을 보지 않고, 설렁설렁 지나가버릴 생각이었어. 그때처럼 말이다."

그렇게 말하고 별 할머니는 의미심장하게 한쪽 눈을 찡긋했다.

"그때라니요?" 나, 언제나 별 할머니한테 뭔가를 묻기만 하고 있다. 뜬금없이 그 사실이 재미있다.

"왜, 비 오는 날 마주친 적 있잖으냐. 해파리처럼 흐물거리면서. 그때는 서로 스쳐 지났지만, 지금은 같은 걸 보고 있잖아. 이렇게 말이다."

"네엑?" 놀라서 괴상한 소리가 나왔다.

설마. 그건 내 꿈속의 이야기다. 별 할머니가 준 기와
를 들고 온 날 밤에 꾼 꿈. 실 같은 비를 뚫고 나가며 방황
하는 나도 별 할머니도 절대 누군가의 창에 들르지는 않
았다. 그저 들여다보고, 지나가고, 서로 스치며 사라져 갔
다. 하지만 지금 내게는 이렇게 별 할머니와 수다를 떠는
밤도 그 꿈의 연속으로 느껴진다. 나는 웃으며 말했다.

"기껏 말을 걸려고 하는데 별 할머니가 먼저 가버렸잖
아요."

"네가 간절한 얼굴로 창 안을 들여다보고 있으니 그랬
지. 그 남자가 옷 갈아입는 거라도 보려고 한 거지? 징그
러운 중딩이라니까."

"그런 짓 하지 않아요. 별 할머니야말로 뭐 훔쳐 먹으려
고 한 거 아니에요?"

있을 리도 없는 얘기를 하며 어젯밤 일처럼 예사롭게
웃는 우리가 웃겼다. 이런 밤은 모든 것이 보드라운 담요
같은 막에 싸인다. 먼 옛날에는 날 수 있다고 믿었던 나
도, 별 할머니와의 만남도, 사사가와가 별 할머니의 손자

223

라는 사실도. 지금은 함께 하늘에 떠 있다.

나는 지금에서야 겨우 인정했다. 별 할머니가 날고 못 날고는 관계없다. 우리가 꿈속에서 만났는지 어쨌는지도. 답이란 건 없다. 그저 사랑스러웠다.

지금 여기에서 별 할머니와 함께 바라보고 있는 것. 지금까지 보내온 시간. 그것들 전부에 무엇 하나 거짓이 없다. 마구 뛰어 돌아다니던 시간의 한 점 한 점이 울고 싶을 만큼 사랑스럽다.

아침이 되면 그것들은 눈부신 햇살에 빨려들어서 사라지리란 것도 알고 있다.

그러니까 모든 것을 그대로 소중히 받아들이고 기억해 두자. 나는 다짐했다.

그때 별 할머니가 말했다. 눈동자에 비친 달빛 덕인지 언제나의 빛이 스쳤다.

"내가 기운 없고 초라하다고 생각하지 마라."

"그렇게 생각하지 않아요. 별 할머니 늘 고집 세잖아요."

나는 일부러 시원스럽게 말했다.

"그렇다면 다행이지만. 너도 고집 세게 살아봐." 별 할머니는 창을 올려다보면서 말을 계속했다.

"알겠냐, 누구든 갖고 태어난 힘은 있다. 그 힘을 최대한 활용해서 살아가는 건 훌륭한 일이야. 하지만 말이다, 잊어선 안 되는 것은 그 힘을 어떻게 사용하는가가 아냐. 아무리 강한 힘으로도 이겨내지 못할 크고 무거운 시련이, 살아가는 동안에 반드시 굴러온다."

"어떤 힘으로도 이겨내지 못하는 것……."

나는 불안스럽게 별 할머니를 보았다.

그것은 내가 요즘 막연히 느끼던 것과 비슷했다. 가슴에 쿵 내려앉은 무거운 돌. 별 할머니도 그 무게 탓에 마코토 만나기를 포기한 것일까. 앞으로 되풀이하여 찾아올 이별의 숫자, 소중한 사람의 죽음을 생각할 때, 나는 그 거대한 무게에 겁먹겠지. 내 힘으로 버텨낼 수 있을 것 같지 않다.

"무게에 휘둘리지 마라. 같이 가라앉아도 좋으니 한 번더 떠올라. 알겠냐, 슬픔도 기쁨도 구슬치기와 달라서 끝내기가 없어. 휩쓸리면 지는 거야."

"떠오르다니, 대체……."

"자, 이 얘기는 이걸로 끝내자."

225

내가 물으려고 하자 별 할머니는 얼른 얘기를 가로막았다.

"아, 오늘은 피곤하네." 하고 중얼거리면서 담장을 잡고 허리를 구부리더니 몸을 비틀었다. 별 할머니 옆에서 눈 아래 펼쳐진 광경을 내려다보았다. 가로등이 꺼지기 시작해 집들의 윤곽조차 희미하다. 하지만 다양한 지붕의 모양은 가슴이 저리도록 선명하게 멍한 머릿속에 되살아났다. 올여름, 나는 저 가운데 몇 개의 지붕을 올려다보았을까.

금속 지붕, 일본식 기와, 도자기 기와. 별 할머니에게 배운 몇 개의 기와 종류. 유리 기와는 이번에 놓쳤지만, 다음을 기대하자. 마코토 찾기는 어이없이 끝났지만, 나는 앞으로도 걸을 때마다 지붕을 올려다볼 것이다. 새로운 동네, 익숙한 동네 어디에서든. 언젠가 좋아하는 사람과 베란다에서 우리 집 지붕을 내려다보는 날도 올지 모른다.

미래는 한참 멀고 아직 본 적 없는 것이 기다리고 있다. 그 두려움과 기쁨.

"슬슬 집에 가야겠어요."

시계를 보니 꽤 늦은 시간이었다. 아무리 자유롭게 풀

어주는 부모님이어도 이 시간은 좀 곤란하다. 그럴까, 하고 끄덕이면서도 별 할머니는 움직일 기미가 없다.

"갈게요." 말하자, 별 할머니는 그래, 하고 짧게 대답했다. 나는 돌아보며 말했다.

"저기, 별 할머니. 다음에는 스케이트보드에 도전해보는 게 어때요?"

"스케? 그건 또 뭐야."

"스케이트보드요. 학교에선 킥보드보다 그게 더 유행이에요. 다음에 같이 타요. 또 여기서요."

그렇구나, 스케이트보드, 타볼까. 평소와 달리 부드러운 미소를 짓는 별 할머니의 머리 위. 별 하나가 투명하고 파란 돌멩이처럼 빛났다.

우리가 만난 밤처럼.

11

하늘의 표시

하지만 별 할머니와 스케이트보드는커녕 킥보드를 탈 기
회도 두 번 다시 찾아오지 않았다.

별 할머니는 내 앞에서 사라졌다. 그리고 나는 그 사실
을 알고 있었던 것 같다. 그날 밤. 별 할머니 머리 위에서
별이 안타까울 정도로 눈부시게 빛났던 그때.

미칠 것 같은 이별의 예감에 사로잡혀 울음이 터질 것
같을 때, 별 할머니가 말했다.

그것이 내가 들은 별 할머니의 마지막 말이다.

"울지 마라. 못생긴 얼굴 더 못생겨진다."

옥상에서 내려와 지칠 대로 지친 다리를 질질 끌다시

피 하며 집으로 돌아왔다.

대문 앞에 아빠가 초조한 얼굴로 서 있었다. 나를 보더니 아빠는 얼굴을 활짝 폈다가 이내 화난 표정을 지었다. 부자연스러워서 별로 무섭지 않았다.

"중학생 귀가 시간이 아니지 않니. 걱정돼서 우시야마 선생님한테 전화해보니 오늘은 학원에도 오지 않았다며. 대체 지금까지 뭐 하고 있었던 거야."

미안. 기다린 아빠에게 순순히 사과했다. 친구들하고 이런저런 일이 좀 있어서.

친구라는 울림이 목으로 도로 내려가서 가슴속 저 밑에 툭 떨어진다. 동그랗고 매끄러운 돌 같은 느낌. 아빠 얼굴에서 시선을 돌렸다. 눈 안쪽에 대기하고 있던 눈물이 쏟아질 것 같아서.

"뭐, 됐다. 엄마도 저렇고 하니 너무 걱정 끼치지 않도록 해줘. 얼른 들어가자."

현관에 들어서자 갑자기 시야가 밝아져서 잠시 휘청했다. 내가 돌아올 때까지 계속 켜놓은 듯한 형광등이 비추는 신발장 위의 강아지 인형과 엄마가 손수 만든 벽걸이 리스. 등나무 꽃병은 가족 여행으로 간 스이센지에서 "빈

티 나." 하는 가족의 반대를 물리치고 아빠가 산 것이다. 츠바메, 왔니? 주방에서 나는 엄마의 목소리.

밀려온다. 복작복작하고 따스한 가족의 공기가 샌들을 벗어 던지는 발밑에 파도처럼 밀려와서 나를 부드럽게 현실로 이끌었다.

다녀왔습니다. 큰 소리로 인사하며 슬리퍼를 신는 내 등에 대고 아빠가 목소리를 낮추어서 말했다.

"츠바메, 혹시 요전의 일 신경 쓰는 거야?"

"요전의 일이라니?"

"왜, 너희 친엄마가 만나고 싶다고 했다는 얘기."

아아, 하고 나는 그제야 생각났다는 듯이 끄덕였다.

"그거라면 전혀 신경 쓰지 않아. 나도 만나고 싶은지 어 떤지 모르겠고."

그러니, 하고 부드러운 얼굴로 숨을 쉬는 아빠에게 나 는 말했다.

"그렇지만 말이야."

"응?"

"앞으로는 나와 관련해서 무슨 일이 생겼을 때는 내게 도 꼭 말해줘. 나도 엄연한 가족 구성원이니까."

알겠다, 그렇게 할게. 약속할게. 아빠가 신묘한 얼굴로 끄덕였다.

식탁에는 랩을 씌운 접시가 놓여 있었다. 언제나처럼 아빠가 좋아하는 술안주 반찬과 내가 좋아하는 것이 섞인 호화 메뉴가 아니다. 피자뿐. 샐러드도 없다. 엄마는 입덧이 심해져도 동네 주민회 일로 바빠도 저녁 식사는 몇 종류씩 음식을 차려놓는 사람인데. 배달 피자가 허락되는 것은 주말 점심뿐이다.

의아한 얼굴로 식탁을 보는 내게 엄마는 빙그레 웃으며 말했다.

"가끔은 이런 것도 좋지?"

"응, 좋아."

고개를 끄덕이면서 식어서 치즈가 굳은 피자를 내려다보았다. 순간, 엄청나게 배가 고프다는 사실을 깨달았다. 그러고 보니 점심때부터 아이스크림 말고 먹은 게 없다. 다시 데워줄게 하는 엄마의 말을 가로막고, 피자를 미친 듯이 베어 물었다.

엄마가 언제나처럼 식탁 맞은편에 앉아서 눈 깜짝할 사이에 다 먹고 보리차를 단숨에 마시는 나를 어이없다는 얼굴로 보고 있다. 빈 컵을 내려놓고 나는 말했다.

"있지, 엄마."

"뭐야. 리필은 없다."

"아무리 그래도 그렇게까지 먹진 못해. 저기, 태어날 아기 말인데. 나 신경 쓰지 말고 마음껏 예뻐해줘."

"뭐야, 츠바메도 참 갑자기." 엄마는 웃으면서 접시를 치웠다.

"날 신경 쓰면 불편할 것 같아서. 내가 삐뚤어지지 않을 테니까 걱정하지 말고."

아유, 무슨 말인가 했더니. 엄마는 내 말이 재미있다는 듯이 웃음을 터트렸다.

"물론 귀여워해줄 거야, 당연하잖아. 츠바메도 이제 다 커서 질투할 나이도 아닌걸. 미안하지만, 완전 마음껏 편애할 거고 아빠랑 츠바메도 마구 부려 먹을 거야. 각오해."

엄마는 선언하는 듯한 어조로 말하더니, "츠바메 먹는 걸 보니 배가 고파지네." 하고 중얼거리며 쿠키 상자를 열어서 집어먹었다.

"임신부는 걸핏하면 배가 고파. 이 나이여서 더 그런가.

생각해봤는데 이제 이것저것 애쓰는 건 그만하려고. 지금부터 더 힘들어질 테고. 힘을 빼야겠어."

나와 아빠는 얼굴을 마주 보았다. 구김살 없는 엄마의 웃는 얼굴을 보고 있으니 맥이 풀리는 기분이 들었다. 처음부터 이런저런 것을 너무 신경 쓴 것은 소심한 우리 부녀뿐이었는지도 모른다. 본능으로 생활하는 실력파 엄마는 누구도 이기지 못한다.

핏줄도 부모 자식의 끈도 말로 해보면 뭔가 덧없다. 사람은 지키고 싶은 것이 있을 때, 누구라도 터무니없이 강해진다. 당연히.

나도 강해지고 싶다. 더, 더. 갖고 싶은 것은 갖고 싶다고 말할 수 있다. 그런 건강한 힘으로 소중한 것을 지키고 싶다. 언젠가 그것이 눈앞에서 사라져버린다는 걸 알고 있어도.

새 학기가 시작된 뒤에도 나는 한동안 멍하니 지냈다.

하지만 온 교실이 여름방학 후유증에 시달리는 분위기여서 마음은 편했다. 모두 제각기 다른 곳에서 가져온 제각기 다른 여름의 미련이 그을린 피부에 묻어 있다. 창밖의 빛이 약해지는 것과 반대로 내 속에서는 주체할 수 없는 생각만 강해져갔다.

그 후로 별 할머니의 모습은 보지 못했다. 달이 숨듯이 별 할머니가 사라진 옥상은 어두컴컴. 정말로 자기 마음대로다. 유성처럼 갑자기 나타나서 사람을 실컷 휘두르다가 인사도 없이 사라지다니.

그래, 그 사람은 처음부터 예의도 없고 무책임한 할망구였잖아.

내 마음을 갖고 놀다가 이런 식으로 사라지다니 너무해요. 그렇게 화를 내주고 싶다. 마코토를 그런 식으로 포기할 거냐고 묻고 싶다.

가슴에 맺힌 생각은 어디로도 가지 못했다. 혼자 있는 옥상은 폐장한 유원지처럼 썰렁하다. 서툰 수묵화를 욕해줄 사람도 없다.

한편으로 씁쓸한 후회도 가슴을 스쳤다. 내가 마코토를 만나라고 억지로 권해서 별 할머니의 살아갈 기력을 빼앗은 게 아닐까. 그조차 지금은 수수께끼인 채로다. 함께 시간을 보낸 옥상조차도 든든한 증인이 되어주지 않았다.

타임아웃이라니 대체 뭐예요, 별 할머니. 마음속으로 중얼거렸다.

그래도 하루하루는 확실하게 지나갔다. 엄마의 배는 조금씩이지만 커지고, 도오루는 재활에 정성을 들였다. 이즈미는 새로운 일을 찾았다. 동네의 술집 겸 찻집에서 일하는 이즈미는 지금은 동네 아저씨나 학생들의 아이돌이다.

나의 일상만 정체된 것 같았다. 인제 와서 생각해보면 지붕 찾기도 별 할머니를 위해서만은 아니었다. 원했던 것이다. 내가 무엇을 하고 있다는 확실한 느낌을. 무언가를 찾느라 크게 뜬 눈에 비친 것. 어중간하게 목표를 빼앗겨서 화가 가시지 않는다. 그런 생각을 하고 있을 때, 별 할머니의 목소리가 들리는 것 같다.

'봐, 또. 뭐든 남 탓하지 말라고 말했지.'

마음속에 뻥 뚫린 구멍이 더 커지지 않도록 나는 마구 움직였다.

별로 흥미도 없는 과목의 숙제는 물론 예습까지 해서 친구를 놀라게 했다. 입덧이 진정된 엄마가 됐다고 하는데도 듣지 않고 정원 청소부터 식사 뒷정리까지 맡았다.

친엄마의 서예전에도 몰래 가보았다. 엄마가 전시장에 있는지 없는지 확인한 뒤, 빨려들듯이 작품을 한 장 한 장 감상했다. 멋있고 힘차고 우아한 필치에 넋을 잃었다.

그래도 보이지 않는 구멍은 마음에 퍼져갔다. 아무리 눈을 부릅떠봐도 그곳에 나의 미래 그림은 보이지 않았다. 친엄마와의 오래된 이별도 별 할머니와 연락이 끊긴 날들도 제대로 소화하지 못하고 있다. 시간의 틈을 메우듯이 지내면 지낼수록 세상에서 나만 고립된 느낌이 들었다. 그때, 깨달았다.

별 할머니가 누름돌이었나. 아무리 발버둥 치며 떠오르려고 해도 바닥으로 가라앉기만 한다. 구멍 속은 쥐 죽은 듯이 고요하고 몹시 어둡다. 빛이 보이지 않는다.

여름 동안 무리한 데다 최근의 수면 부족 때문이었을 것이다. 오후 수업 시간에 결국 빈혈을 일으켜 쓰러졌다.

레이코의 부축을 받아 보건실 침대에 누웠다.

레이코는 수업하러 돌아가고 보건 선생님도 어딘가로 가버려, 나는 보건실에 혼자 남았다. 조그마한 상자 같은 공간. 소독약 냄새만 풍기는 방에 내려진 블라인드 틈으로 오후의 빛이 부드럽게 새어 들었다.

깨끗한 흰색 시트 위에서 나는 외톨이였다.

속도 울렁거리고 불안해서 마음이 약해졌다. 이번에야말로 진짜로 외톨이가 된 기분이 들었다. 콧노래를 불러보았다.

도오루가 몇 번이나 연주해서 외워버린 블루그래스의 노래. 머리에 새겨진 선율은 막상 소리로 내보려고 하니 제대로 되지 않았다.

휘청거리는 걸음으로 일어서서 창가에 갔다. 하다못해 창밖 풍경이라도 보고 싶었다. 초록색 화분과 교정의 모래 먼지, 오후의 햇살. 활기찬 색을 눈에 가득 담고 싶었다.

플라스틱 블라인드의 줄을 힘껏 당겨서 열었을 때다.

안뜰 너머로 학교 건물을 잇는 복도를 가로지르는 사사가와의 모습이 보였다.

지금은 수업 시간일 텐데 저런 데서 뭐 하는 거지. 또 땡땡이인가.

사람이 그립기도 해서 나는 반사적으로 그에게 손을 흔들었다. 보건실 창에서 바보처럼 호들갑을 떨며. 내 엄청난 몸짓을 깨달은 사사가와가 뭐 하는 거야, 하는 얼굴로 다가왔다. 창문을 열고 반기는 나를 사사가와가 한심하다는 듯이 바라보았다.

"하여간 너 참, 만날 이상한 데서 나타나네. 뭐 하는 거
야, 이런 데서."

"속이 좀 안 좋아서. 그냥 빈혈. 너야말로 또 땡땡이
냐?"

"또라고 하지 마, 또라고." 밀어버린 눈썹 탓에 인상이
험한 사사가와의 얼굴은 쓴웃음을 지으니 좀 멍청해 보
여서 사람이 착해 보였다. 오늘은 엄연한 조퇴라며 당당
하다.

"흐음. 엄연한 조퇴라."

끄덕이면서도 창틀을 사이에 두고 마주 보는 우리 모
습이 우스웠다.

수업 시간, 고요에 감싸인 교사 한구석. 이런 곳에서 은
밀히 대화를 나누니 공범 같은 친밀함이 솟구친다. 체육
시간에 견학하는 아이들끼리 속닥속닥 대화를 나눌 때
같다.

사사가와도 같은 느낌인지 편하게 말했다.

"병원 가는 길이야. 엄마가 호출해서."

"엄마, 어디 아프셔?"

물으면서 떠올렸다. 놀러 갔을 때 얼핏 본 사사가와의 엄마는 새빨간 립스틱과 물들인 머리칼이 잘 어울리는 에너지 넘치는 사람이었다. 아마 그 에너지는 가족이나 집이 아니라 남자를 향한 것이었겠지만. 내 친엄마도 저런 냄새가 나는 사람일지도 모른다고 생각했다. 사사가와가 고개를 저었다.

"할머니가."

"엥?"

그의 말에 즉각 반응했다. 얼어붙은 나를 앞에 두고 사사가와가 생각난 듯이 말했다.

"그러고 보니 너 요전에도 이상한 얘기 했었지. 뭐, 됐어. 하여간 있더라고, 나한테도 할머니란 사람이. 엄마도 한참 만나지 못한 것 같지만, 죽어가고 있다는 걸 알게 됐대. 오지랖 넓은 친척이 연락해서. 엄마도 무슨 생각이 들었는지 마지막이니 만나주래. 만나봐야 나를 알지도 못할 텐데."

"할머니, 그렇게 상태가 좋지 않으시대?"

떨리는 내 목소리를 사사가와가 눈치채지 못하도록 자연스럽게 물었다.

"벌써 오랫동안 의식불명이었대. 봄부터였다나."

"……봄."

혼란스러워지니 또 현기증이 밀려와서 가만히 창틀에 손을 짚었다.

"너, 괜찮냐. 안색이 안 좋아. 급식, 제대로 먹었어?"

괜찮아. 부드럽게 들리는 사사가와의 목소리에 나도 모르게 미소 지었다.

"그러냐. 쉬어. 나 간다. 우리 엄마 기다리게 하면 또 화 내니까."

사사가와, 하고 교복을 입은 등에 대고 불렀다. 사사가와도 꽤 키가 많이 컸다는 걸 느꼈다.

"어떤 분일까, 그 할머니."

몰라. 그가 돌아보며 말했다.

"어릴 때 만난 기억이 희미하게 있지만, 얼굴은 전혀 기억나지 않아."

어깨를 움츠리며 나를 향해 돌아서더니 뭔가 생각났다는 듯이 덧붙였다.

"근데 말이야. 엄마가 만나러 갔더니 짐 속에 내 사진이 있더래. 어릴 때 우리 집 앞에서 찍은 사진. 우리 엄마,

자기 부모 애기 나오면 그런 것 없다고 시침 떼더니. 몰래 보냈던가 봐, 편지 같은 것. 그런 걸 할머니가 소중히 갖고 다녔다는 말을 듣고 나 좀 놀랐다."

사사가와는 옅은 눈썹을 모으고 말을 줍듯이 주섬주섬 얘기했다.

"잘 표현하지 못하겠지만 말이야. 모르는 누군가가 나를 그렇게 생각해주고 있다니 고마운 것 같아. 떨어져 살아도 나를 지켜봐주었구나, 싶고. 어울리지 않게 그런 생각이 들었다. 그래서 병원은 소독약 냄새 나고 싫지만, 가보기로 한 거야."

나는 간신히 고개를 끄덕였다. 그랬구나, 대단하네.

그럼 이만, 하고 가려던 사사가와가 다시 "아 참." 하고 돌아보았다. 그 바람에 오후의 햇빛이 오렌지색 머리칼 위에서 반사했다. 나는 눈이 부셔서 게슴츠레하게 떴다.

"요전에 이상한 말 해서 미안. 그리고 나, 다음 주에 전학 가. 엄마가 또 이번 남자와 잘되지 않아서 이사. 새로운 동네에 가서 또 다른 남자를 찾느니 어쩌느니 하는데 환장하겠다. 해도 너무한 사람이지만, 뭐 지금은 내 보호자니까."

사사가와가 가고 난 뒤, 나는 비틀거리며 침대로 돌아왔다. 천장을 보고 벌러덩 누운 얼굴 앞에 네모 모양으로 도려낸 물색 하늘이 펼쳐졌다. 버튼을 잘못 누른 듯한 느낌이 들었다. 손발 끝이 묘하게 허전하다. 문득 생각났다.

나도 병원에 가보고 싶다. 가서 확인해보고 싶다.

벌떡 일어나서 창밖을 둘러보았다. 사사가와의 모습은 이제 보이지 않는다.

애가 타서 실내화를 신었다. 비틀거리는 걸음으로 그래도 신발장까지 필사적으로 달렸다. 그대로 교문 쪽을 보았다. 인기척 없는 철문은 9월의 햇살을 되비치며 적자색으로 빛났다.

나는 힘없이 신발장 앞에 주저앉았다.

밤이 되어 한참 갈등하던 끝에 전화 수화기를 들었다. 작년 여름, 몇 번이나 전화를 걸었던 상대. 그런데 막상 걸려고 하니 번호는 생각나지 않았다.

주소록 끝에 사사가와의 이름을 발견하고 확인하듯 손가락 끝으로 버튼을 눌렀다. 심장의 고동 소리를 셀 수 있을 만큼 긴장하면서 신호음을 들었다. 반쯤은 아무도 받지 않기를 바라기도 했다.

철컥 하고 수화기를 드는 소리가 들리고 나온 것은 사사가와의 목소리였다.

"나, 어, 츠바메인데."

"어." 사사가와의 깜짝 놀란 듯한 낮은 목소리. 상대가 무슨 말인가 하기 전에 내가 물었다.

"저기…… 할머니, 어떠셨어? 그 후 왠지 걱정돼서."

되도록 태연하게 들리도록 말할 셈이었지만, 목소리가 내가 아닌 것처럼 뾰족하다. 이런 에너지로 누군가에게 전화를 건 게 얼마 만인가.

조용히 눈을 감고 기다렸다. 사사가와의 억양 없는 목소리가 귀에 흘러들었다.

"죽었어."

그 말은 수화기 너머에서 고요히 울리며 침묵의 꼬리가 길어졌다. 내 속을 아무리 뒤져도 단어 한 조각 찾을 수 없다. 그렇다, 별 할머니가 말한 혼의 껍데기인 그릇처럼 이번에야말로 나의 내용물이 비어버린 것 같다.

"내가 병원에 도착하고 바로. 결국 눈을 뜬 모습은 보지 못했어. 여보세요? 츠바메, 듣고 있는 거야?"

"아, 미안. 어, 뭐라고 해야 좋을지 모르겠지만, 안됐네,

할머니."

아니다. 이런 말을 하고 싶은 게 아니다. 하지만 입에서
나온 것은 의미 없는 말의 단편뿐.

"뭐. 근데 낮에도 말했지만, 어차피 기억도 나지 않는
사람이어서. 솔직히 친척이 죽었다는 실감이 나지 않아.
다만, 죽은 얼굴을 보니 아주 평온하고 행복해 보였어."

"행복?" 나는 조그맣게 되물었다.

"응. 엄마 말로는 줄곧 의식이 없었을 텐데 귓가에 대고
마코토가 곧 올 거야, 하고 말해주었더니 미소를 짓더래.
확실히 웃었대. 우리 엄마, 바보 같고 단순하지만 꽤 좋은
사람이거든. 그래서 기뻐서 여전히 눈을 감고 있는 할머
니한테 계속 주절주절 얘기했대. 내 얘기를. 양아치 짓을
해서 속 썩이는 것, 키가 올여름에 8센티미터나 큰 것. 웃
기지. 들리지도 않을 텐데 계속 얘기했대."

내 눈앞에 빛이 흩어지는 것을 느끼면서 간신히 말했
다. 만났구나.

"그럼 만났구나, 별 할머니. 진짜 마코토를."

"응, 뭐야? 별 어쩌고 하는 건."

의아해하는 사사가와의 목소리에 아냐, 하고만 대답했

다. 간신히 서 있었다.

지금부터 장례식장에 간다고 하는 사사가와의 목소리가 아득히 들렸다. 간신히 형식적인 애도의 말을 하고 전화를 끊은 뒤, 나는 한참 동안 그 자리에 우뚝 서 있었다. 그러고 나서 비틀비틀 계단을 올라갔다. 도중에 넘어질 뻔해서 난간을 꽉 잡고.

나중에 또 사사가와에게 냉정히 물어보면 알 것이다. 정말로, 정말로 별 할머니 호시노 토요 씨가 사사가와의 할머니였는지. 언제부터 혼수상태로 병원 침대에 누워 있었는지. 하지만 물을 필요가 없을 것 같기도 했다.

말도 안 되게 길고도 짧았던 올해 봄과 여름. 별 할머니에게 단련된 나의 감은 신기한 확신으로 대답을 이끌어 냈다.

언제나 엉뚱한 별 할머니였다. 낡아서 삐거덕거리는 혼의 그릇이 지겨워졌던 게다. 깨끗하게 벗어나서 자유롭게 마지막 여행을 떠난다고 신났을지도 모른다. 이 세상에 두고 가는 선물인 양 겁쟁이 중학생을 실컷 놀려 먹고, 병원에서 못 먹게 하는 것들 실컷 얻어먹고.

그렇게 시간을 보낸 별 할머니는 성장한 손자도 만났

다. 자기 모습을 제대로 손자의 눈 속에 남기고.

……즐거웠어요, 별 할머니?

나도 모르게 보이지 않는 사람에게 말을 걸고 있다.

계단 끝까지 올라가서 가만히 출창을 열었다. 가을밤의 달콤하고 싱그러운 기운이 뺨을 부드럽게 어루만졌다. 진한 감색 하늘은 평소보다 더 맑아서 별 할머니가 눈깜박이는 소리까지 들릴 것 같았다. 풀숲의 촉촉한 기운이 섞인 밤의 습기를 마음껏 들이마셨다. 찌릿, 하고 콧속에서 투명한 아픔이 미끄러져 내려와 나는 어금니를 악물었다.

무심코 어두운 정원으로 시선을 보내던 그때였다. 바깥으로 살짝 튀어나온 창틀 테두리에 뭔가가 반짝 흔들리며 빛나는 것 같았다.

별이 뜬 하늘에 두었던 눈의 초점을 가까이로 맞춘 그 순간. 숨이 멎는 줄 알았다.

그것은 실이었다.

아직 파란 줄기의 잎을 누름돌처럼 올려놓고, 창틀에 드리워진 실. 꽤 길다. 정원의 비파나무 잎 끝까지 닿을 듯할 정도다. 은색 거미줄처럼 밤의 허공에 반짝반짝 정처 없이 춤을 춘다. 조심스레 잎을 치우고 실 끝을 잡았다. 천천히 끌어당겼더니 부드럽게 휘어서 내 손가락 끝에 감겼다.

손가락의 떨림을 누르듯이 실 끝을 꽉 잡았다. 창으로 몸을 내밀고 다른 한쪽 끝을 던졌다. 밤하늘에 낚싯줄을 던지듯이. 팔을 크게 흔들어서.

나와 별 할머니만이 아는 비밀의 실 동화. 별 할머니는 나의 하찮은 소원을 기억하고 있었구나. 꽉 쥔 실을 귓가에 가져갔다. 보이지 않는 종이컵이 그 끝에 달린 것처럼. 이 실의 끝은 어디로 연결됐을까.

"별 할머니?"

가만히 불러보았지만, 귀에 익은 쉰 목소리는 들리지 않았다. 밤의 틈들이 내는 몇천 개의 소리 없는 소리가 조용히 소용돌이를 칠 뿐. 그래도 나는 언제까지나 은색 실을 귀에 대고 눈을 감고 있었다. 서늘한 밤기운에 콧잔등을 타고 내리는 눈물만이 놀라울 만큼 뜨겁다.

별 할머니는 이제 없다.

밤의 옥상에서도 골목길 모퉁이에서도 기묘한 옷을 입은 별 할머니의 모습을 보는 일은 이제 없을 것이다. 그래도 혼은 살아서 곁에 있다.

나는 알고 있다. 별 할머니는 '표시'를 남긴 것이다.

난 그만 간다, 하는 표시. 별 할머니가 같은 장소에 머물 수 없었던 것처럼 나도 걸음을 재촉할 수밖에 없다. 걸어서, 무언가와 이어지고, 헤어지고, 또 이어져간다.

그 돌고 도는 시간의 흐름을 살아가야만 한다고 생각했다.

나의 오열은 별과 별을 잇는 것 같았다. 눈을 뜨니 번진 하늘 여기저기에서 이따금 반짝이는 빛이 보였다. 전하고 싶은 말은 셀 수 없을 만큼 많은데 한 마디도 나오지 않는다. 하지만 별 할머니는 어딘가에서 귀를 기울여 듣고 있을 것 같다.

나는 띄엄띄엄 간신히 말했다.

고마워요, 나는, 즐거웠어요, 하고.

겨울이 가고 봄이 왔다. 나는 중학교 마지막 학년을 맞이했고, 새로운 가족 구성원이 된 꼬맹이 탓에 온 가족은 야단법석이다. 그 후 옥상에는 가지 않았다. 유부녀와 야반도주를 한 우시야마 선생님이 서예 학원을 닫은 탓에 지금은 역 반대편의 문화센터에 다니고 있다. 숙제도 내주고, 견본 쓰기도 제대로 가르쳐준다.

목발 없이 걸을 수 있게 된 도오루와는 이따금 얘기를 나눈다. 내가 언젠가 그에게 특별한 여자가 됐을 때, 내가 먼저 프러포즈할 생각이다. 엄마처럼.

지난주에는 담임선생님의 호출을 받았다. 진로 지도 설문에 "고등학교에 진학하지 않고 취업하고 싶다."라고 썼기 때문이다. 특히 희망 직업에 "간판 가게에서 일을 배우고 싶다."라고 쓴 것이 선생님의 마음에 들지 않은 것 같다. 하지만 나는 겨우 발견한 '미래로 가는 길'이 아주 마음에 들었다.

머리에 떠오른 건 이런 광경이다.

내가 그린 거대한 간판을 그 역 앞의 낡은 빌딩 옥상에 단다. 넓은 하늘을 향해 걸린 간판에는 이렇게 붓글씨로 커다랗게 쓴다.

WELCOME BACK

언젠가 별 할머니가 돌아올 때 헤매지 않도록. 나를 이 세상에 보내준 친엄마가 나와 내가 만든 간판을 발견할 수 있도록. 그러면 나는 친엄마에게 말하겠지. 언젠가 나를 데리고 가주려고 해서 고마워.

　간판은 쏟아지는 햇살과 달빛을 받아서 빛난다.

　언제까지나, 언제까지나 마음에 눈부신 표시를 남기고 끝없이 빛난다.

이 글을 쓰고 있는 지금 허망한 마음을 어쩔 줄 모르고 있다. 그렇다고 태어나서 처음으로 후기란 걸 쓰면서 '세월 정말 빨리 흐르네. 나도 나이를 먹는구나' 하고 쓸쓸한 기분에 빠져 있는 건 아니다.

두 시간쯤 전에 친한 친구 커플이 헤어지기로 했다는 얘기를 전해 들었다. 한 쌍의 원앙처럼 사이좋았던 두 사람(둘 다 여성). 결혼식에 와준 답례라고 센트럴파크의 마차 투어를 선물해줄 만큼 순수했던 두 사람(이걸 타고 싶어도 좀처럼 타지 못하는 주민들이 많다고! 도쿄 사람들에게 시티투어 버스 같은 것인 듯).

슬픈 소식을 들을 때, 나는 언제나 마음속으로 중얼거린다. 주인공 츠바메처럼.

시간은 어째서 사람들을 같은 모습으로 두지 않을까.

당사자들은 이미 새로운 보금자리를 찾았을지도 모르는데, 남인 내가 어쩔 줄 모르고 있다. 하아, 나이를 먹어도 그건 조금도 나아지지 않는 것 같다. 학교나 회사에서 제대로 단련하지 못해서 점점 약해지는 건지도 모르겠다.

　사흘이 멀다 하고 다니는 이웃 베이글 가게가 네 번 중 세 번은 품절일 때. "매번 품절인데 대체 몇 시에 오면 되나요?" 주뼛주뼛 물었다가, "일찍 일어나세욧!" 하고 야단맞았을 때. 전기 공사하는 사람이 열 번 중 아홉 번은 약속 시간에 나타나지 않을 때. 알면서도 "그럴 수 있지." 하고 넘어갈 수 없다. 한심하다. 우물쭈물 망설이고, 갈팡질팡 당황하고, 어이없어서 맥이 탁 풀리는 일은 살아 있는 한 사정없이 일상에 되풀이, 또 되풀이된다. 아아, 무서워라.

　이 이야기는 지금까지 쓴 몇 안 되는 작품 중에서 가장 내게 가까이 있다. 그래서 그 시절이 그립네, 같은 여유로운 마음이 들지 않는다. 아야야, 하고 소리를 지르고 싶은 부분투성이다. 그래도 쓰길 잘했다고 생각한 것은 독후감을 보내준 분들 대부분이 몇 살이 돼도 나와 마찬가지로 우유부단하여 갈팡질팡하고 있다는 걸 알았기 때문이다. 정말로 용기가 됐다. 함께 '갈팡질팡 동맹'을 결성하여 꾸준히 정모라도 열어서 서로 위로하고 싶을 정도다.

　앞으로도 나는 나이와 관계없이 갈팡질팡하는 사람들 이야기를 계속 쓸 것이다. 그리고 별 할머니처럼 심술궂고, 촌스럽고, 기분파인 인물의 이야기도. 이 두 가지가 실은 별로 동떨어진 게 아니라는 점이 인생에서 이해할 수 없으면서 재미있는 부분이기도 하다.

마지막으로, 책 속에 등장하는 우울한 비행소년에 관해 참고한 책은 디디에 마르탱의 『비행하는 소년』이다.

하늘을 나는 멋진 재능을 갖고 있어도 우유부단한 사람은 우유부단하다. 그러니 날지 못하는 평범한 우리가 갈팡질팡하거나 사소한 일로 죽는소리쯤 해도 되는 거 아닌가. 그렇죠?

2006년 6월

오늘은 정말로 베이글 가게 아저씨한테 야단맞지 않아야지, 하고 겁먹으면서, 한여름 뉴욕의 로어 이스트사이드에서.

노나카 토모소

* 이 후기는 이 책이 처음 나올 때 쓴 것입니다.

이 이야기가 태어난 지 17년, 책으로 나온 지 14년 만에 지금 두 번째 후기를 쓰고 있다. 감사하게도 긴 세월을 지나 표지도 새롭게 단장하여 또다시 태어나는 덕분이다.

어디 보자, 14년 전에는 어떤 얘기를 썼더라. 오랜만에 페이지를 넘겨보았다. 친한 친구 커플의 이별에 당황하고, 이웃 베이글 가게 아저씨한테 혼나서 시무룩해 있다. 얼마 전의 일처럼 그때 일들이 떠오른다.

나는 지금도 뉴욕의 로어 이스트사이드에 살고 있고, 이따금 베이글 가게를 들여다본다. 늘 언짢은 얼굴로 가게 앞에 앉아 있던 아저씨는 이제 없다. 가게는 주인이 바뀌어서, 어느 것하나 똑같이 생긴 게 없고 못생기고 짜부라졌던 베이글은 이제 모양이 고르고 구멍 크기도 똑같다. 별 할머니처럼 눈에 보이는 것에 전부 독설을 하던 그 아저씨는 지금쯤 손자 얼굴을 보며 눈꼬리가 축 내려가 있을까. 결별한 커플 중 한쪽은 햇빛이 넘쳐나는 키웨스트로 이사했다고 들었다. 행복하게 잘 살기를.

도시 개발로 계속 바뀌는 거리의 좁은 틈에 나만 남겨진 기분이다. 게다가 변모한 이스트강 강가의 풍경에 정신을 빼앗겨서 넘어지는 바람에 뼈가 부러졌고, 걱정거리는 이 밖에도 산더미처럼 많고, 나는 여전히 한심하다. 여전히 우유부단하여 매번 갈팡질팡하는 친구들과 결성한 갈팡질팡 동맹끼리 맛집을 다니며 우울함을 떨치는 것이 유일한 즐거움이다. 그러나 우중충하기 그지없는 내 인생에도 가슴 설레는 일이 찾아왔다.

글쎄, 이 소설이 영화화된다고 한다. 처음에 얘기를 들은 뒤로 얼마나 세월이 흘렀을까. 이 소설이 영상이 되다니 기적 같다는 생각을 한 지난 십여 년. 많은 제안이 변덕쟁이 별 할머니의 행동처럼 왔다가는 사라졌지만 그러나! 이번에야말로 기적은 현실이 되어가고 있는 것 같다.

잠시 귀국했을 때 프로듀서인 마에다 고코 씨가 마치다의 술집에서 "아직 만드는 도중입니다만." 하고 보여준 작은 스마트폰 화면. 몇 분짜리 영상. 빛을 발하는 네모난 화면을 집어삼킬 듯이 좇으면서 눈물이 술잔에 떨어지지 않도록 참느라 애먹었다. 츠바메, 별 할머니, 도오루도 부모님도, 우시야마 선생님도. 모두 그곳에 있었다. 이것은 별 할머니가 나를 속이려고 만든 역대급 농담이 아닐까, 의심했는데 진짜였다. 놀람과 감사한 마음뿐이었다.

이것은 내 손을 떠난 새로운 작품이어서 모든 것을 다 맡길 생각이었는데 난감한 부탁이 들어온 것은 아직 크랭크인 전에 각본을 다듬을 무렵이었던가. 후지이 미치히토 감독이 이런 말을 전해왔다. 새삼스러운 질문입니다만, 하고 덧붙이면서.

"소설 『우주에서 가장 밝은 지붕』에 노나카 씨가 담은 메시지를 확인해주세요. 각본을 마무리하기 전에 이 제목에 대한 노나카 씨의 생각을 정리해주셨으면, 하니 그 부분을 들려주시면 감사하겠습니다. 잘 부탁합니다."

그, 그렇게 부탁하셔도…… 하고 언제나처럼 당황하면서 쓴 것은 이런 유치한 말의 조각이었다.

'시간은 옮겨 간다. 시간은 누구나 똑같은 모습으로 있게 하지 않는다. 잔혹하고 슬픈 추가 마음에 누름돌처럼 툭 떨어져서 자리 잡는, 그런 날들이 분명 몇 번이나 있을 것이다. 하지만 생각해본다. 가만히 올려다보면 언제나 그곳에 있는 것은 우리를 지켜주는 찬란히 빛나는 지붕 같은 존재다. 지금은 그 아래에 있어서 모르겠지만, 마음을 자유롭게 헤매게 하다 보면 분명히 그 지붕의 빛이 보일 것이다. 잃어버렸다고 생각한 추억과 이별의 기억은 기와 한 장 한 장이 되어 언제라도 나란히 그곳에 있다. 사랑스러운 빛을 뿌리며 그곳에 있다.'

붙들어두지 못한 작고 사랑스러운 계절을, 이 소설에서 조금이라도 도려낼 수 있었을까? 소중한 사람들과 두 번 다시 만날 수 없는 이별을 거듭하고, 무거운 누름돌에 적당히 가라앉는 마음으로 내가 지금 사는 집의 소중한 지붕을 지키고 추억과 기억의 기와를 조심스레 쌓아 올리고 싶다, 그렇게 바라마지않는다 (뉴욕에 기와는 없지만 아무튼).

　예전에 이 책을 읽어주신 분들, 그리고 앞으로 읽어주실 분들께 진심으로 감사드리며.

2020년 1월

　오늘이야말로 좀 긴 산책을 할 수 있으면 좋겠네, 하고 부러진 발목을 문지르면서. 한겨울 뉴욕의 로어 이스트사이드에서.

노나카 토모소

우주에서 가장 밝은 지붕

2023년 2월 28일 1판 1쇄

지은이	노나카 토모소
옮긴이	권남희
편집	김태희 장슬기 윤설희 최경후 이여름
디자인	신종식
제작	박홍기
마케팅	이병규 이민정 최다은 강효원
홍보	조민희
인쇄	천일문화사
제책	J&D바인텍

펴낸이	강맑실
펴낸곳	(주)사계절출판사
등록	제406-2003-034호
주소	(우)10881 경기도 파주시 회동길 252
전화	031)955-8588, 8558
전송	마케팅부 031)955-8595 편집부 031)955-8596
홈페이지	www.sakyejul.net
전자우편	literature@sakyejul.com
트위터	twitter.com/sakyejul
인스타그램	instagram.com/sakyejul

ISBN 979-11-6981-106-4 03830